W0294209

LES PÉPÈTES DU CACATOÈS

LES PÉPÈTES DU CACATOÈS

ELISABETH SEGARD

City
Roman

© **City Editions 2019**
Couverture : Shutterstock/Studio City
ISBN : 978-2-8246-1381-9
Code Hachette : 17 7616 8

Collection dirigée par Christian English et Frédéric Thibaud
Catalogues et manuscrits : city-editions. com

Conformément au Code de la Propriété Intellectuelle, il est interdit
de reproduire intégralement ou partiellement le présent ouvrage, et ce,
par quelque moyen que ce soit, sans l'autorisation préalable de l'éditeur.

Dépôt légal : Janvier 2019

Money, money, money
Must be funny
In the rich man's world

Benny Andersson et Björn Ulvaeus

À Stan, Darine,
Chloé et Véronique.

Prologue

Quand la fin n'est qu'un début

9 décembre
Sainte Léocadie

Le touriste qui découvre la capitale des Hauts-de-France est berné par ses premières sensations. Le ciel nuageux, les maisons serrées, les bistrots bondés peuvent lui laisser croire qu'il arrive en des contrées austères mais chaleureuses, un territoire où carbonade rime avec camarade.

C'est mal connaître l'âme nordiste. Le Lillois est simple, débonnaire, courtois, fêtard, d'un commerce agréable et ouvert sur le monde, à commencer par ses voisins belges et anglais, mais il est sournois et farouchement communautariste. Ainsi, le vivat, sorte de baptême au champagne, est-il toujours pratiqué lors des mariages et des grands événements familiaux. Tout Lillois qui se respecte connaît, à l'endroit comme à l'envers, la chanson du *P'tit Quinquin*, tout grand patron peut dessiner les yeux fermés la cartographie des baraques à frites à dix kilomètres à la ronde autour de son domicile. Fût-il exilé à Paris, Marseille ou Saint-Jean-Pied-de-Port, le Nordiste voit d'autres traditions non écrites dicter son existence : s'il peut bouder la braderie ou le carnaval, snober la ducasse de Bailleul et les géants de Tourcoing, il gardera le culte de la discrétion. Le Lillois commet peu de charivari dans les campings, ne jette pas ses poubelles par la fenêtre et étale rarement son argent.

Surtout, son image de mangeur de frites et buveur de bière cache aux étrangers son âme industrieuse. Le visiteur de passage, flânant entre les murs de briques noircis et les façades percées de fenêtres modestes, peine ainsi à croire que la région a engendré les plus grandes fortunes de France.

La façade du 42, rue Royale à Lille, héberge discrètement l'une d'entre elles. Mêlant joliment pierres taillées en pointes-de-diamant et briques rouges, son style flamand raconte un pan de la longue histoire régionale. Quatre portes-fenêtres ouvrent le rez-de-chaussée sur un petit jardin à l'anglaise, protégé des regards par un mur imposant et un portail tout aussi massif.

Les Sainte-Sévère y vivent depuis 1745. Derrière les carreaux biseautés du premier étage que le passant peut apercevoir par-dessus le mur, les tapisseries à l'ancienne réchauffent une chambre trop grande. C'est là, en ce jour de décembre, qu'Adalbert de Sainte-Sévère s'apprêtait à faire sa sieste. L'après-midi était à peine entamé et Adalbert se sentait bien. Son fauteuil était moelleux, un plaid en cachemire bien chaud enveloppait ses jambes, et les flammes du feu se reflétaient sur le parquet ciré. Il avait fini sa tasse de chicorée, refermé son livre et admirait le ciel. Les branches couvertes de givre griffonnaient des ombres sur le ciel blanc. Les bruits de l'avenue étaient étouffés par les rideaux de velours, les voitures roulaient au pas à cause de la neige, et le jardin, surtout, qui séparait la maison de la rue formait un écran ouaté.

« Si seulement… » Le vieillard scruta les branches argentées qui brillaient, il soupira, renifla un ou deux coups discrètement et referma les yeux. Il s'adossa au fauteuil. Et il mourut. Dans un coin de la chambre verte, un grand oiseau rose se mit à crier en sautillant sur un guéridon.

1

OÙ L'ON RÉVISE QUELQUES RÈGLES DE BIENSÉANCE

9 décembre
Sainte Léocadie, toujours

Le coiffeur brancha le sèche-cheveux, et Mathilde de Sainte-Sévère fronça le nez. Ce bruit lui donnait la migraine. Dans le fauteuil d'à côté, les mèches emmêlées sur les yeux, Louise haussa la voix pour couvrir le ronflement de la soufflerie.

— Et alors, je lui ai dit que ce n'était plus possible ! Franchement ! Tu as voté pour qui, toi ?

Mathilde fit mine de n'avoir pas entendu. Louise posait parfois des questions insupportables. Est-ce que l'on raconte à son coiffeur quel bulletin on a fourré dans l'urne ? On ne parle pas de ses problèmes de santé en public, on ne met pas les doigts dans son nez, on ne partage pas ses malheurs conjugaux. Et on ne discute pas politique. Mathilde avait peu de principes, mais tenait à ces règles comme un escargot à sa coquille. En plus d'être mal élevé, parler politique était ennuyeux au possible. Le meilleur moyen de flinguer une soirée. Ou une séance chez Fred. La voix du coiffeur interrompit ses réflexions :

— Alors, on coupe ?

La tête penchée, elle s'examina dans le miroir : la couleur toute fraîche lui donnait bonne mine, mais un coup de ciseaux restait indispensable. « Il était temps que je vienne, pensa-t-elle. J'avais une tête de cadavre. » Ses pommettes saillaient. Elle avait peut-être un peu trop forcé sur les jus détox la semaine dernière.

— Oui, mais pas trop court.

— Trois centimètres. Je vais dégrader un peu les pointes sur les côtés, pour donner du mouvement. Vous serez canon pour votre dîner ce soir.

— D'accord.

Tout en jouant du ciseau, Fred continuait à jacasser au-dessus de sa tête.

— Vous n'avez jamais eu envie de tester le blond platine ?

— Bof, pour ressembler à Lindsay Lohan...

— Mais non ! Pensez à Marilyn Monroe, Uma Thurman ! Vous devriez tenter, vous seriez divine.

Louise approuva.

— Tu serais fabuleuse. Ça éclaircit le visage, regarde-moi !

Le coiffeur glissa un regard vers les anglaises de la jeune femme et étouffa un fou rire. Elle était opposée à Mathilde de Sainte-Sévère comme le gin au whisky, la coriandre au persil et, depuis le temps qu'il les bichonnait une fois par mois, il se demandait encore ce qui les rapprochait. Grande, blonde, dotée d'une forte poitrine, Louise détestait la vue du sang, les odeurs corporelles et la musique électro, elle vénérait les robes trois-trous, qui soulignaient sa silhouette de pin-up, et la flûte traversière.

Mathilde était fine comme un salsifis, noyait ses cheveux châtains (trop communs) sous un roux flamboyant, se barbouillait les cils de mascara, ne savait pas distinguer un clavecin d'une clarinette. Elle hantait les expositions des photographes de l'école de Düsseldorf, mixait allègrement vêtements de créateurs *arty* et pièces vintage. Quand Louise dégustait les derniers potins avec la gourmandise d'un enfant, Mathilde considérait autrui, fût-il tête couronnée, comme un cafard. Rien n'était interchangeable entre elles, et surtout pas leur coiffure. Le coiffeur rectifia avec diplomatie :

— Pour Mathilde, je pensais à quelque chose de plus court.

Mathilde se fichait de l'opinion de Louise comme de celle de Fred. Elle détestait le blond, une couleur de pouffe. Elle préféra se concentrer sur l'odeur de laque. Elle adorait ce parfum métallique, un peu acide, l'odeur de la propreté, du soin. L'odeur de la beauté. Fred la tira encore une fois de sa bulle.

— Avec cette nouvelle technique de coloration, vous devriez être tranquille au moins un mois.

— Je préfère revenir dans trois semaines.

Tout plutôt que risquer d'avoir des racines. Toujours souriant, Fred fignolait la frange.

— J'ai croisé votre grand-père dans la rue en début de semaine. Il est drôlement en forme pour son âge…

— Oui, dit Mathilde. Il est increvable.

— Il est un peu caractériel, dit Louise de son fauteuil, et complètement tyrannique.

Mathilde la coupa d'une voix cassante :

— Il vit comme il veut. C'est son droit.

Quand elle rentrerait tout à l'heure se changer pour dîner en ville avec Martin, son mari, Adalbert gronderait sûrement qu'elle n'avait rien fait de sa journée, elle grincerait des dents et claquerait une porte ou deux, mais, en attendant, elle ne laisserait personne critiquer sa famille. C'était son privilège.

***

Sa pochette d'ordinateur serrée contre sa poitrine, Martin De Boer s'élança à travers la gare à petites foulées, droite, gauche, encore à droite, fendant une masse compacte qui semblait avancer au ralenti. Il détestait courir avec une cravate et une veste, mais il était seize heures quarante-trois, sa réunion était à dix-sept heures. Il espérait attraper le bus. Une dernière embardée le jeta sous la casquette du parvis. Il vit, au bout de l'avenue, les feux arrière du bus qui glissaient entre les voitures. Seize heures quarante-sept. Tant pis, il allait sauter dans un taxi.

Son téléphone vibra au moment où il claquait la portière. Il jeta un œil à l'écran, s'excusa auprès du chauffeur, décrocha, reconnut à peine la voix au bout du fil. Elle semblait mâcher du papier.

— Martin !

— Mathilde ?

— Grand-père est mort.

Martin couvrit le combiné d'une main et se pencha vers le chauffeur :

— On va aller rue Royale, au 42, s'il vous plaît.

— OK.

Le taxi mit son clignotant et obliqua vers la vieille ville.

— J'arrive, Mathilde.

Il appela le bureau pour prévenir qu'il ne serait pas là à dix-sept heures.

***

Sous l'œil rigolard des gardiens du palais des Beaux-Arts, l'homme était en méditation devant une ronde de livres qui se chevauchaient jusqu'à la coupole. Le plus jeune des vigiles donna un coup de coude à son collègue.

— Il est hypnotisé ou il a bu ?

— Ben, tu sais pas qui c'est ?

— Nan.

— C'est un artiste. Et c'est le fils Sainte-Sévère. Tu es en train de garder sa salle, mec.

Le gardien était un intérimaire ; c'était sa première incursion dans le milieu de l'art et du patrimoine. Il considéra le visiteur, son pantalon et sa parka d'une couleur indéfinie, ses baskets anonymes, ses cheveux un peu trop longs sur la nuque, ses petites lunettes en fil de fer : difficile d'imaginer qu'il s'agissait de l'héritier des Conserves Sainte-Sévère, dont le nom était gravé en lettres dorées sur la plaque des mécènes dans le hall du palais.

— Vache ! souffla-t-il.

Figé devant la construction éphémère, Victorien de Sainte-Sévère en savourait l'effet. La pyramide serait détruite à la fin de la semaine, et les livres seraient distribués aux visiteurs. Victorien y tenait particulièrement. Savoir que des petits morceaux de son installation – et par là, un peu de lui-même – seraient emportés, dispersés et gardés au fond d'un tiroir, sur une étagère, dans un sac à main, l'emplissait de joie. À trente-cinq ans, pour la première fois, il avait le sentiment de laisser une trace derrière lui.

Les visiteurs flânaient dans la salle, tournaient autour de la pile de livres, étonnés ou amusés. Une famille de touristes américains se photographia devant l'installation en poussant de grandes exclamations, et leur geste émut Victorien. Dans quelques jours, quelque part, à Philadelphie ou Newark, on parlerait de son œuvre.

Il quitta le musée à l'heure de la fermeture, après un détour par la galerie des sculptures. L'œil sévère des adonis et des victoires guerrières lui rappela que la route était longue avant d'accéder à l'immortalité, et une nouvelle angoisse lui serra le ventre. Elle l'accompagna à travers la place de la République, le long du boulevard de la Liberté et de la rue Nationale. Les passants emmitouflés le frôlaient sans voir sa détresse. Cette installation temporaire au palais des Beaux-Arts à l'occasion de la Biennale du papier n'était qu'un pas minuscule, Victorien le savait : demain, tout le monde les aurait oubliés, lui, son rêve et ses idées. Il devait franchir l'étape suivante.

Rue des Vieux-Murs, les fenêtres de leur petit appartement formaient deux taches de lumière dans la façade de briques. Ils avaient acheté ce T2 juste avant leur mariage. Une bonne affaire, selon Sophie, et elle avait eu raison : l'immeuble, dont les fenêtres menaçaient alors de tomber, avait été rénové, et le prix du mètre carré avait flambé. Le salon faisait la taille d'un mouchoir, mais Victorien passait l'essentiel de ses journées dans son atelier, sa femme était au bureau trois cents jours par an ; un salon et une chambre suffisaient à meubler leurs soirées.

Sophie le guettait, assise sur le canapé devant la télévision éteinte.

— J'ai essayé de t'appeler dix fois !

Victorien possédait bien un portable, mais il ne savait jamais où il était, et cela tenait presque du miracle quand il le trouvait dans sa poche. Aujourd'hui, il l'avait laissé dans le panier à pain.

— J'étais aux Beaux-Arts.

Elle se leva, lui prit la main avec douceur.

— J'ai une mauvaise nouvelle. Adalbert est mort.

Victorien regarda sa femme. Sa bouche trembla un peu et il chercha un siège.

Honnêtement, je ne pensais pas mourir un mercredi, mais qui connaît le jour et l'heure ? Quant à la manière, assis dans un crapaud gris, une tasse de chicorée encore tiède à portée de main, encore moins. Difficile de savoir ce qui m'a pris ce jour-là, je n'étais pas plus fatigué que d'habitude, mais il faut croire que c'était la minute de trop, celle qui fait déborder le vase. Je m'étais enfin décidé à relire Un échec de Maigret, *il faisait beau et, tout d'un coup, bam ! le grand trou noir. En un quart de seconde, moi, Adalbert de Sainte-Sévère, je suis passé à la colonne des pertes.*

Voilà, je suis mort. Ça arrive même aux meilleurs, paraît-il. C'est, ma foi, assez confortable. Un peu énervant, mais confortable. Confortable, parce que je n'ai plus à courir partout ni à m'occuper de tout ; énervant, parce qu'il me restait pas mal de bricoles à terminer, et s'il y a bien une chose qui m'insupporte, c'est l'outil lâché en plein ouvrage. Chez les Sainte-Sévère, on finit ce qu'on doit faire. J'ai heureusement pu poser quelques jalons.

Une chose me chiffonne terriblement : être mort la veille de mon rendez-vous chez le barbier. Me voilà avec la moustache raplapla et les cheveux sur les oreilles pour l'éternité. C'est moche.

2

Tu seras poussière

12 décembre
Saint Corentin (sans doute un moine, mais l'auteur se fie au nom pour émettre cette hypothèse)

— Au revoir, Adalbert.

La voix de l'abbé retomba comme une pomme écrasée, et le vent l'engloutit dans les allées du cimetière. Une centaine de silhouettes se serraient à distance respectueuse de la tombe. Au premier rang, sanglé dans son manteau de cachemire, les pieds posés en équerre dans deux flaques de neige molle, Arthur de Sainte-Sévère s'inquiétait pour ses derbys à semelles surpiquées. Il tenta d'occulter le drame à venir en contemplant le caveau le plus proche : une stèle lisse comme une tarte au chocolat, surmontée d'un ballon de foot en marbre noir et blanc. Pas de chance pour Adalbert qui détestait le foot. Un rire stupide lui étira la bouche. De l'autre côté de la tombe, un vieil homme surprit sa grimace et le fusilla du regard. Même sa sœur Mathilde fronça les sourcils.

— Arrête tout de suite, siffla-t-elle en lui pinçant le bras.

Le front penché vers le cercueil, l'archiprêtre continuait à monologuer dans l'air glacial.

— Adalbert de Sainte-Sévère nous manquera. Mais sa force, son humanité, sa grandeur d'âme restent avec nous. Elles nous accompagneront jour après jour, jusqu'au soir où, comme lui, nous rejoindrons notre Seigneur et vivrons dans une béatitude éternelle.

— Amen !

Toute l'assistance ploya le col avec componction, à l'exception d'Arthur, le nez en l'air, se demandant s'il pourrait retrouver la chaleur de sa voiture avant qu'il ne pleuve. Arthur détestait plus que tout au monde avoir les chaussettes mouillées. Ces gros nuages gris flottants, bas et lourds, au-dessus de la ville, pourraient bien avoir la peau de ses chaussures en veau glacé. Mais enfin, on était à Lille, une région où le gris n'était parfois qu'illusion ; il sauverait peut-être ses derbys si le père Simon accélérait un peu le rythme. Le père Simon, sans doute moins fragile des pieds et moins porté sur la chaussure, ouvrit son missel et attaqua d'une voix posée la huitième lettre de saint Paul apôtre aux Romains. Résigné, Arthur ferma les yeux et recroquevilla ses orteils.

***

Une heure plus tard, Mathilde de Sainte-Sévère ne décolérait pas.

— Jamais je n'aurais cru que tu rigolerais devant la tombe de grand-père. C'était la honte !

Avec un regard à provoquer un deuxième enterrement, elle tourna le dos à son frère, sa jupe noire ondulant derrière elle. D'une main, elle attrapa une coupe de champagne et, de l'autre, le bras de Martin, corseté dans un slim gris chiné et une veste assortie.

Arthur haussa les sourcils, puis les épaules et continua à suçoter son verre de whisky en admirant l'assemblée. Victorien, leur frère aîné, était invisible : il mouchait sans doute son désespoir dans l'encoignure d'une fenêtre, tandis que sa femme s'inquiétait de réconforter les uns et les autres.

Grand-père était peut-être mort, mais il savait vivre, et la petite réunion postinhumation était à son image : bien ordonnancée. Ni Arthur ni Mathilde ne s'étaient occupés de quoi que ce soit ; ils en auraient d'ailleurs été incapables. Suivant les goûts habituels de monsieur, Claude, le majordome, avait installé dans le grand salon un buffet, avec toasts de terrine de lapin, miniasperges et œufs de cailles à volonté. La bibliothèque avait été transformée en fumoir, le petit salon, réaménagé pour accueillir les douairières, et le vieux domestique veillait partout à un approvisionnement décent en vins.

Dentelles, lin, verrerie, sucres ou charbonnages, toutes les têtes de pont de l'industrie du Nord étaient présentes et formaient une gondole hétéroclite. Il y avait les Payelleville, les Thiriez, les Durand, les Toutlemonde, les Pollet, les Motte, les Prouvost. La grand-mère Willot était là, appuyée sur une canne encore plus fine que ses jambes, le chignon tremblotant mais toujours digne, chevrotant dans l'oreille du fils Thibergien :

— Je donnais toujours Adalbert en exemple à mes petits-enfants !

Paul Thibergien hocha gravement la tête, la bouche occupée par un toast à la mousse d'asperge. Du coin de l'œil, il cherchait Mathilde au milieu des têtes grises, espérant attirer son attention. Il avait toujours eu un faible pour les rouquines, et la petite-fille d'Adalbert était un beau spécimen, mais elle était en grande conversation avec une blonde boulotte et mal peignée dont le nom lui échappait.

Si elle était relativement prévisible (il avait tout de même quatre-vingt-quatre ans), la mort d'Adalbert de Sainte-Sévère ébranlait toute l'assemblée : il avait été, depuis les années 1950 et jusqu'à son dernier souffle, au centre de beaucoup de décisions et plus encore de discussions. Une demi-fesse délicatement accotée aux canapés de velours, l'assistance se chuchotait les hauts faits d'Adalbert. Il y avait d'abord eu ce fumet de scandale quand il avait fait son paquetage en 1949 pour s'engager dans la Légion. Adieu papa, adieu maman, adieu surtout les usines, les fournisseurs et les grèves, je m'en vais voir ailleurs si le soleil est plus vert. La honte avait submergé la famille au point de ne plus prononcer son nom. Adalbert avait gaillardement sauté sur une vingtaine de villes et presque autant de mines avant de réapparaître sur la Grande Place un beau matin de mai, la mine fort bronzée mais un peu amaigrie. Son retour avait fait plus jaser encore que sa disparition : Dufour, Saint-Clair et autres Mulliez se demandaient si le jeune Sainte-Sévère n'était pas un rouge infiltré. Certains murmuraient qu'il avait traîné un peu trop longtemps en Indochine. On était en 1954, les guerres étaient loin, mais les syndicats, eux, étaient aux portes des manufactures et les communistes avec.

Le départ d'Adalbert avait fait l'effet d'un coup de massue à ses parents ; son retour les réveilla brusquement. Ils ignorèrent avec superbe les commérages et, pour preuve de leur confiance, lui confièrent les rênes de leur manufacture de conserves. Tout au long de ces cinq longues années d'absence, ils avaient gardé la tête hors de l'eau en s'accrochant à leur routine : se lever chaque matin à cinq heures, aller à l'usine à vélo, faire la tournée des fournisseurs, tricoter pour les bébés des ouvrières, mettre en boîte des hectolitres de haricots verts. Ils avaient assisté à cinq messes de Noël et autant de Pâques, s'étaient assis près de trois mille six cents fois dans la grande salle à manger vide de la rue Royale. Ils avaient maintenu leur vie et l'entreprise familiale à flot, mais le cœur n'y était pas.

De ces années-là, Adalbert ne parla jamais, ses parents non plus. Il remit sans moufter ses costumes en mérinos, ses chemises en toile blanche, ses souliers bien cirés, il posa la fourragère, le képi blanc, les épaulettes rouges sur son bureau et ils y restèrent plus de cinquante ans. Personne n'y toucha, pas même Claude qui époussetait toutes les semaines la pièce avec une belle énergie, retournant les tapis, roulant les coussins, secouant les livres et le sous-main en cuir, les reliques seules échappant à son plumeau vengeur. Adalbert les brossa lui-même, jusqu'au jour de sa mort.

Le plus aisément du monde, il glissa ses pas dans ceux de son père et, comme lui, il enfourcha son vélo et se jeta dans les boîtes de conserve. La manufacture Sainte-Sévère exportait alors petits pois, carottes et pommes de terre dans toute l'Europe et aux États-Unis ; Adalbert entreprit de repousser les frontières de l'empire familial jusqu'en Afrique du Sud. C'est au retour de son cinquième voyage au Cap qu'il ramena, outre un contrat avec la chaîne de supermarchés Spar, une ravissante blondinette. La demoiselle, prénommée Zola, possédait de longues boucles cuivrées, un petit nez retroussé hérité de ses aïeux hollandais et une voix flamboyante. Sa rencontre avec Adalbert, un soir où elle chantait *Carmen* à l'opéra du Cap, tua dans l'œuf une belle carrière de mezzo-soprano. Les murmures lillois, un temps apaisés, connurent une nouvelle flambée.

— Zola ? Est-elle communiste ? souffla Éléonore Willot, effarée, un après-midi qu'elle prenait le thé avec la mère d'Adalbert.

— Je ne crois pas. Elle porte beaucoup de bleu et ne siffle pas.

L'argument porta. Éléonore Willot, désolée, se résolut à faire le deuil du mariage qu'elle arrangeait depuis quinze ans dans sa tête entre sa fille cadette et l'héritier Sainte-Sévère.

Zola ne sifflait pas, mais elle chantait. Elle chantait beaucoup. Chaque soir, après le dîner familial, elle s'installait au piano dans le petit salon et alternait ballades, arias et solo d'opérettes.

— Vous avez une voix délicieuse, ma chère Zola, assurait régulièrement sa belle-mère.

Adalbert, lui, ne disait rien, mais l'écoutait en souriant. Puis, la tête plus légère, plein de trilles et de sol-la-si-do, il retournait à son bureau, ses haricots et ses camions de livraison. Au printemps 1957, les arias cédèrent la place aux berceuses, et elle quitta le piano pour le chevet d'un petit lit en rotin. Ce bébé baptisé Maximilien ne fut malheureusement suivi d'aucun autre, mais Zola garda son sourire, Adalbert, son énergie, et, pendant que l'héritier Sainte-Sévère grandissait, biberonné à *La Bohème*, l'usine prospérait.

Le Tout-Lille avait dû l'admettre : Adalbert révélait des talents insoupçonnés de négociateur et, contrairement à son père, n'avait pas peur de voir grand. Dès 1960, les ménagères chiliennes découvrirent donc la qualité incomparable des légumes Sainte-Sévère. En 1963, ce furent les Australiennes qui eurent le bonheur de goûter au contenu des petites boîtes rondes, et, deux ans plus tard, les Libanaises les savouraient à leur tour. En 1969, navets, haricots rouges, betteraves et salsifis estampillés Sainte-Sévère formaient une farandole à travers les cinq continents. Les entrepôts s'étaient multipliés, s'étendant peu à peu autour de la fabrique et grignotant les champs ras. La manufacture grossissait comme un poulet nourri au grain : elle atteignit un millier de salariés, et les maisonnettes construites pour les ouvriers formaient une véritable ville. On y trouvait une école, un collège, une clinique, une église, une maison de retraite, une maternité, une bibliothèque, un cinéma de trois salles et même un petit zoo. Chaque jeudi, le patronage accueillait les enfants pour des sorties éducatives et des matchs de foot.

Le petit Maximilien trottinait derrière son père durant toutes les vacances, arpentant les planchers cirés de la grande maison et le sol en ciment de l'usine. La mèche bien coiffée, la chemisette soigneusement repassée, il écoutait gravement son père négocier le prix du fer-blanc, l'achat de nouvelles machines-outils et les primes de fin d'année. À six ans, il s'amusait à anticiper le cours des légumes frais et celui du carburant ; à dix ans, il savait calculer de tête le montant des taxes douanières de dix-neuf pays et lisait consciencieusement *Terres agricoles* en buvant sa chicorée du matin. Cette enfance, qui eût semblé austère à beaucoup d'autres, comblait l'enfant. Le plus beau soir de sa vie fut celui où son père lui déclara :

— Je pars en voyage d'affaires la semaine prochaine. Veux-tu m'accompagner ?

Rien, pas même son mariage avec Annette Durand

dix ans plus tard, ni la naissance de leurs trois enfants, ne surpassa jamais ce bonheur.

La première génération construit, la deuxième survit, la troisième démolit, assure un vieil adage auquel les Sainte-Sévère semblaient fort résolus à tordre le cou. Parvenu à l'adolescence, Maximilien n'enfila pas de pantalon à pattes d'éph' et garda ses cheveux courts. Il ne sauta pas non plus dans un van Mercedes couvert de fleurs orange et ne se mit pas au macramé. Il continua à travailler à sa manière, c'est-à-dire discrète et appliquée, jusqu'à ses trente-cinq ans, âge auquel il se glissa à son tour dans les chaussons de son père et prit la tête de l'usine après avoir fait ce qu'il est convenu d'appeler un beau mariage.

Annette, de son côté, hérita de sa belle-mère la lourde charge de tricoter une centaine de brassières par an et de distribuer le quintuple de sapins en chocolat lors du Noël des employés. Tâche dont elle s'acquitta le plus consciencieusement du monde, instaurant même une journée de détente pour les mères le Premier-Mai : ce jour-là, toutes les femmes « Sainte-Sévère » avaient droit à une balade organisée au Touquet, avec cornet de frites et beignets à volonté. Pendant qu'elles se gorgeaient de bière et du bon air de la mer, les messieurs s'occupaient de la marmaille. On vous laisse deviner la popularité qu'une telle initiative apporta à son auteur.

Un premier enfant, rapidement suivi d'un deuxième, puis d'un troisième égayèrent la grande maison familiale. Cette vie bien rythmée aurait dû s'étirer des années, mais un incident, ou plus exactement un accident, l'interrompit brutalement. Le 23 novembre 1993, Maximilien et Annette s'envolèrent pour la Colombie. Maximilien, espérant y développer la vente de navets marinés au vinaigre, proposa à Annette de l'accompagner, lui promettant un deuxième voyage de noces. Annette jugea l'idée fort romantique et fit sa valise avec empressement. Heureusement, les trois petits avaient été confiés aux bons soins de leurs grands-parents : le séjour devait durer une semaine ; il fut définitif. L'appareil émit quelques bip-bip inquiétants au-dessus de l'Écosse avant de s'abîmer quelque part entre deux lacs et trois moutons. Les pauvres bêtes furent les premières étonnées de trouver dans leur pâture des haricots extrafins et des salsifis vapeur.

L'appel surprit Adalbert alors qu'il buvait sa chicorée. Il posa doucement son bol, s'assit et respira un grand coup. Malgré ses cheveux blancs, reprendre les rênes de l'entreprise et garder les enfants étaient pour lui une évidence. Mais comment leur annoncer la tragédie ? Ce fut Zola qui s'en chargea. Et Victorien, Mathilde et Arthur grandirent dans l'hôtel de la rue Royale, chacun se tortillant un peu d'un côté ou de l'autre pour trouver sa place, comme des rosiers cherchant un bout de soleil.

Les enterrements sont fascinants ; ils marquent le début de quelque chose, une page qui se tourne. Et puis, c'est poétique. La musique, les fleurs, la chasuble brodée du curé... Quoique les curés se fassent rares. J'ai sans doute été pistonné pour en avoir un, mais je n'irai pas porter plainte, promis. Quant aux fleurs... Elles sont généralement d'un goût douteux. Jamais compris pourquoi on collait des œillets dans toutes les couronnes, par exemple. Les œillets sont des fleurs de vieille dame, personne ne m'en a jamais offert en quatre-vingt-quatre ans. Pas la peine de me les infliger maintenant.

Ils se sont tous mis sur leur trente-et-un. Arthur, Sophie, Victorien, Martin, même la pauvre Sophie a fait des efforts, mais elle semble sortir d'un combat de catch. Le chignon qui pendouille et le chemisier chiffonné. Dommage, elle a de très jolis cheveux blonds. Si seulement ce vaurien de Victorien le lui disait un peu plus souvent...

Bien sûr, il y a des enterrements moins poétiques que d'autres. En Indochine, ça se réglait en trois coups de pelle, et encore, quand on avait le temps, sinon on attendait que la pluie et la boue éparpillent les copains façon puzzle.

Là, je le prends à la blague parce que c'est le mien, mais j'ai moins ri à celui de vos parents. Vous étiez habillés tous les trois en noir, agrippés les uns aux autres comme une nichée de petits corbeaux, avec vos pattes maigroulettes. Mes pauvres petits... Heureusement que votre grand-mère était là, j'étais bien incapable de vous consoler. C'est pas que le cœur n'y était pas, hein, mais j'ai jamais été un bavard. Ma foi, ça va peut-être changer : maintenant, je n'ai plus que ça à faire de mes journées.

3

Au commencement était le Verbe

19 décembre
Saint Urbain (pape et cinquième du nom, mais peu importe, car ce prénom, lorsqu'il est porté, ce qui arrive rarement, n'est pas suivi de son numéro)

Maître Ozieux avait le nez presque aussi grand que les pieds. Comme il chaussait du 40, son appendice restait d'une taille raisonnable ; malgré tout, sur cette silhouette haute comme trois pouces, il paraissait fort disproportionné. Maître Clément Ozieux avait du nez dans tous les sens du terme : déjà, en première année de maternelle, il lui avait suffi de croiser le regard de Bernard Denis devant le portail de l'école pour pressentir que celui-ci irait loin. Et par de bien tristes moyens. Le petit Bernard commença par faire commerce de ses chewing-gums usagés avant de fourguer, à crédit et avec des intérêts d'usurier, des pots de colle Cléopâtre à ses petits camarades. La suite de sa carrière fut celle que tout le CAC 40 connaît : Bernard fabriquait désormais des sacs en plastique revendus à prix d'or dans le monde entier.

Si Clément Ozieux connut un destin plus discret, il réussit tout de même, grâce à beaucoup de travail et encore plus d'acharnement, à devenir notaire. Et, à l'âge de vingt-huit ans, il s'endetta sans hésiter pour acheter une charge en plein cœur de Lille. Pour détourner l'attention de ses interlocuteurs de son nez, il investit dans une centaine de nœuds papillon aux imprimés endiablés qui tranchaient sur ses chemises blanches et ses vestes en tweed très *old school.*

En reniant son nez, maître Ozieux lui témoignait une certaine ingratitude, car ce fameux appendice lui avait sauvé la mise une paire de fois. Par exemple, ce jour où la maîtresse de monsieur Bailly se fit passer pour sa femme et lui demanda le testament du triste sire. Était-ce le décolleté trop vertigineux pour être honnête, le passeport d'une couleur suspecte ou l'accent roumain de la dame qui éveilla les soupçons de maître Ozieux ? Toujours est-il qu'il eut le réflexe d'appeler *illico pronto prestissimo* ledit sieur Bailly, pour une petite vérification. Ou encore, ce soir de novembre où un aigrefin, confondant office notarial et office d'huissier, voulut lui confier un dépôt d'or. En réalité, le butin d'un cambriolage commis le jour même dans une bijouterie de la ville. Prétextant un besoin pressant, maître Ozieux avait couru s'enfermer dans les toilettes et appeler la maréchaussée, laquelle avait embarqué manu militari le malfrat.

Cet après-midi de décembre ne ressemblait en rien à cette sinistre soirée : le soleil brillait, le ciel était bleu, l'air sentait le neuf comme une lessive toute fraîche. Mais, fort de son expérience et de son appendice nasal, maître Ozieux pressentait orageux son rendez-vous de quinze heures. Il se rappelait comme si c'était hier ce 14 mai où il avait vu Adalbert de Sainte-Sévère pousser la porte de son bureau. Rien, alors, n'aurait pu égaler sa fierté d'assister enfin l'une des grandes figures de la ville. Le temps était venu d'assumer cette glorieuse marque de confiance.

Il réajusta son nœud à pois fuchsia, tira sur les manches de sa chemise pour les dégager de son veston et inspira un bon coup. Une fois, deux fois. Puis il appela sa clerc :

— Ludivine, dès que la famille sera arrivée, faites-la entrer dans mon bureau. Ensuite, ne répondez plus au téléphone et restez écouter derrière la porte avec Alban. J'aurai peut-être besoin de renforts.

L'employée accueillit l'ordre du notaire avec flegme. Depuis qu'une cliente avait tenté d'étrangler le caniche nain de son ex-mari pendant la lecture de l'acte de vente de leur (ex-)maison, plus rien ne pouvait la surprendre. Elle le rassura d'un sourire.

— C'est noté, maître.

Maître Ozieux inspira encore une dernière fois et disposa deux chemises cartonnées devant lui. Du plat de la main, il lissa le sous-main en cuir. Tout allait bien se passer, c'était certain. La grande aiguille de la pendule sautillait doucement. Encore un pas, et puis deux et elle atteindrait le chiffre 12.

***

Mes chers petits enfants,

Cette lettre vous étonnera sans doute. De mon vivant, j'étais un taiseux, il faut croire que la mort change un homme ! J'ai échoué à vous éduquer. Oh ! je vous ai bien fait entrer dans le crâne quelques évidences, penser à dire bonjour, au revoir et merci, savoir tenir une conversation de salon et choisir une veste de bonne qualité, mais, enfin, il s'agit là du strict minimum pour survivre en société. Toi, Arthur, tu n'as obtenu ton diplôme que grâce à une chance insolente, celle qui t'a permis d'échapper à tous les virus depuis ta naissance, mais tu n'as pas fait grand-chose de cette bonne santé offerte par Dieu si ce n'est tester ta résistance à l'alcool. Toi, Mathilde, outre la peine de naître, tu ne t'es guère donné que celle de dépenser l'argent accumulé par tes parents et moi-même. Quant à toi, Victorien, tu es bien gentil, mais tu es d'une naïveté qui frise la bêtise, confondant métier et passe-temps. En un mot comme en mille, j'ai manqué à la promesse que je me suis faite à la mort de vos parents : je ne vous ai pas élevés. Quel que soit votre âge à l'instant où maître Ozieux vous lit ces lignes, vous êtes restés, tous les trois, à l'état de pâquerettes.

Mort, je compte bien réussir ce que j'ai raté vivant. Si j'ai pu survivre douze mois aux camps des Viets, aux rats, aux fourmis rouges, à l'eau saumâtre et à la lecture quotidienne des préceptes de notre bon camarade Ho Chi Minh, nul doute que vous saurez atteindre le but fixé par mon testament.

Votre grand-père qui vous aime et que vous remercierez, j'espère, un jour,

Adalbert

Un silence stupéfié écrasa l'assistance. Ils étaient là, tous les cinq, Arthur, Victorien, sa femme Sophie, Mathilde et son mari Martin, assis bien droit sur leurs chaises en plexiglas. Maître Ozieux les avait choisies lui-même lors d'une virée impulsive dans un magasin à la mode et il était très fier de ces chaises inspirées d'un modèle de grand designer italien. Malgré leur style, elles semblaient tout à coup tapissées d'épines : Mathilde était devenue toute raide, et Arthur, tout rouge. Le notaire ne les connaissait que de nom, mais Adalbert lui avait si bien décrit ses petits-enfants qu'il les avait identifiés sitôt un orteil posé dans l'étude. Impossible de confondre la petite-fille Sainte-Sévère avec sa belle-sœur. Alors que la jeune Mathilde éclatait d'arrogance, Sophie ressemblait à une maman lapine dans son tailleur gris et paraissait dix ans de plus que son âge. On devinait facilement ce qui l'avait poussée à épouser Victorien : une overdose de Barbara Cartland, mêlée à un besoin de maternage effréné ; elle faisait bouillir la marmite pendant que son artiste de mari bullait dans son antre, traînant sa carcasse et ses angoisses. Même ici, dans un moment aussi solennel, il semblait bien incapable d'assumer son rôle d'aîné. C'était Martin, la pièce rapportée, l'époux de Mathilde, qui semblait tenir lieu de chef de famille. Quant à Arthur, le plus jeune, le notaire comprenait à quel point cette mèche gominée et ces yeux insolents avaient dû exaspérer le vieil Adalbert.

L'heure n'était pas à la sociologie. Maître Ozieux toussota pour s'éclaircir à nouveau la voix, posa délicatement la feuille de papier devant lui, déploya une chemise de carton rose et en sortit une deuxième feuille. Il reprit sa respiration et sa lecture :

Ceci est mon testament qui révoque tout autre testament antérieur.
Je, soussigné Adalbert de Sainte-Sévère, exerçant la profession de chef d'entreprise, né à Lille le

1er mars 1932, demeurant 42, rue Royale à Lille, prends les dispositions testamentaires suivantes :
Je laisse l'ensemble de mes biens à mes trois petits-enfants : Arthur de Sainte-Sévère, né le 5 février 1991, Mathilde de Sainte-Sévère, épouse De Boer, née le 30 juillet 1989, et Victorien de Sainte-Sévère, né le 22 septembre 1985, marié à Sophie Toutlemonde.
Ils pourront bénéficier de ce legs s'ils respectent la condition suivante : Arthur de Sainte-Sévère, Mathilde de Sainte-Sévère et Victorien de Sainte-Sévère ont un an, jour pour jour, à compter de la lecture de ce testament, pour gagner chacun cent mille euros. Libre à eux de choisir leur activité, de s'associer ou de créer chacun leur propre structure, mais chacun des trois doit gagner cent mille d'euros.
À défaut, je les déshérite entièrement et attribue la quotité disponible à mon cacatoès Prince, que j'institue à cet effet mon légataire universel.

Maître Ozieux apprécia en connaisseur la qualité de la seconde vague de silence qui s'abattit dans le bureau. Le plus beau, le plus lourd, le plus absolu des silences. D'une voix sèche, Mathilde brisa la magie :

— Je ne comprends pas.

L'homme de loi toussota.

— C'est assez clair. En un mot, si vous ne répondez pas à ses dernières volontés, votre grand-père lègue tout à son oiseau.

— Mais enfin, on ne peut pas déshériter ses enfants ni même ses petits-enfants ! On est en France, la loi l'interdit !

Le notaire estima que Mathilde frôlait la grossièreté en sous-entendant qu'il avait validé un testament non recevable, mais il prit sur lui : la vulgarisation faisait partie du métier et il se flattait d'être excellent pédagogue.

— Le règlement européen sur les successions internationales est entré en vigueur dans tous les États membres depuis le 17 août 2015. Dans certains pays, tout testateur peut choisir le légataire de son choix : sa concierge, son cousin ou même son poney. Ce testament a été enregistré aux États-Unis, où la loi n'impose aucune part réservataire. Il est donc parfaitement légal.

Derrière la porte, Ludivine, l'oreille collée au battant, retint sa respiration. En vieille routarde des ouvertures de testament, elle savait en déceler l'acmé, la minute suspendue juste avant que les noms d'oiseaux volent à travers la pièce et que les sacs à main s'abattent sur les chignons.

— Aux États-Unis ?

La voix de Mathilde se cassa sur la dernière syllabe. Arthur se redressa brusquement de son siège, répétant comme un écho derrière sa sœur :

— Aux États-Unis ? Mais ça ne rime à rien !

Maître Ozieux croisa les doigts sur le document et sourit d'un air paisible à ses visiteurs.

— Monsieur de Sainte-Sévère a rédigé ce testament selon les lois en vigueur dans le District de Columbia. Ce qui était parfaitement son droit, puisqu'il possédait la nationalité américaine et un domicile à Washington.

— Grand-père était américain ?

— Oui, monsieur de Sainte-Sévère bénéficiait de la double nationalité depuis 1954.

Arthur regarda Mathilde, Mathilde regardait le notaire. La stupeur lui ôtait, pour une fois, la parole.

Maître Ozieux ouvrit à nouveau sa chemise rose et en exhuma une poignée de feuilles.

— Pour vous épargner une situation inconfortable…

Le ricanement de Mathilde couvrit la voix du notaire. Fronçant les sourcils, il reprit d'une voix légèrement plus forte :

— Pour vous épargner une situation inconfortable, votre grand-père souhaitait un règlement rapide de sa succession. Nous avons donc procédé, il y a cinq ans, à l'inventaire complet de ses biens immeubles, ses biens meubles corporels et incorporels. Cet inventaire a été mis à jour chaque année et nous l'avons vérifié au lendemain du décès de monsieur de Sainte-Sévère.

D'un pouce alerte, il feuilleta la liasse et s'arrêta à la onzième page.

— À ce jour, sans entrer dans le détail, nous pouvons l'estimer à cinquante-huit millions six cent mille euros, auxquels, bien sûr, s'ajoutent les actifs de la société Sainte-Sévère. Soit deux cent trente millions cinq cent mille euros environ.

Mathilde ferma les yeux, serra sa pochette à deux mains et inspira un grand coup.

— Et tout ceci ira à son perroquet ?

— Tout à fait. Si vos frères et vous-même ne respectez pas la clause stipulée par votre grand-père.

— Mais comment un animal pourrait s'occuper de l'usine ? Et gérer des millions ? C'est complètement dingue !

Toujours blottie derrière la porte, Ludivine regarda Alban, le second clerc : c'était l'instant décisif, celui où le notaire recevrait un presse-papier à la tête si les héritiers ne se rendaient pas à la raison.

La voix de maître Ozieux prit les accents d'une aide-soignante s'adressant à un grabataire.

— Prince, le cacatoès, bénéficie d'une sorte de tuteur. C'est cette personne qui gérera l'argent, à charge pour lui de s'occuper de l'oiseau, bien sûr. L'usine sera dirigée cette année par un conseil d'administration, dont, d'ailleurs, fait partie monsieur De Boer.

— Et qui est ce tuteur ?

Cette fois, la question venait de Sophie.

— Claude Croisillon.

— Le majordome de grand-père ?

— C'est cela, madame.

Mathilde ouvrit la bouche, amorça un mouvement des maxillaires pour la refermer et s'évanouit. Le tapis persan amortit sa chute. Ludivine jugea le moment opportun pour entrer.

4

OÙ L'ON DÉGUSTE DU POULET (À DÉFAUT DE CACATOÈS)

19 décembre
Saint Urbain (toujours)

Les murs de l'étude vibraient encore des cris de Mathilde quand les trois héritiers et leurs conjoints s'entassèrent dans la voiture de Martin pour regagner la rue Royale. Si les grandes familles lilloises prisaient les maisons de maître du quartier Vauban, les Sainte-Sévère étaient restés fidèles à cette artère du Vieux-Lille. Tracée en 1670, elle mélangeait hôtels particuliers, bistrots et magasins sans prétention. Les colonnes ronflantes de l'hôtel de Lamissart et le bel alignement de briques rouges des Magasins généraux rappelaient son passé prestigieux ; quelques bâtiments fatigués racontaient les revers de fortune de l'État, et, à proximité de la maison natale de Charles de Gaulle, des immeubles sans âme témoignaient de la pression immobilière. C'est là que l'intendant Arthus Claude Henri de Sainte-Sévère, fraîchement anobli par Louis XV, avait posé ses malles. Les vents de l'histoire avaient poussé ses rejetons vers la magistrature, puis l'industrie ; besogneuse mais riche, dotée d'un titre mais éloignée de l'armée, la famille Sainte-Sévère jurait dans l'élite locale, et la rue Royale incarnait bien ce passé hétéroclite.

Le trajet se fit dans une ambiance de plomb. Arthur était hébété, Mathilde jurait comme un charretier. Sophie restait muette, et Victorien se sentait, comme souvent, inutile. La tête ailleurs, Martin faillit écraser le chat du voisin en s'engouffrant dans l'allée : la pauvre bête ne dut son salut qu'au cri perçant de Sophie.

Le rez-de-chaussée de la maison était éclairé, mais les pièces de réception étaient désertes. Marie, la cuisinière, s'agitait dans l'office, le majordome avait allumé un feu dans le salon et tiré les rideaux avant de disparaître. Il avait disposé sur la table ronde un assortiment de pâtés, du pain aux graines de lin, un saladier de mâche, un plat de lentilles froides et quelques bouteilles de bière.

Mathilde jeta son manteau et sa pochette sur le canapé, et alluma une cigarette malgré le regard affligé de Victorien.

— Vous croyez que grand-père était dingue ?

Sa belle-sœur secoua la tête et tira un fauteuil près de la cheminée.

— Je ne crois pas, non.

En repensant au testament, Sophie était partagée entre l'admiration et l'exaspération : elle admettait que les jeunes Sainte-Sévère méritaient un bon coup de pied au derrière, et le tour de passe-passe d'Adalbert révélait une inventivité rare. Dommage qu'elle en fasse elle aussi les frais. Et deux cent trente millions d'euros qui s'envolaient, même divisés en trois, cela faisait de gros frais. Elle, qui avait toujours travaillé pour nourrir son artiste de mari, aurait bien savouré quelques millions.

Adieu, alors, le cabinet Reach & Other où elle officiait cinq jours par semaine, quarante-sept semaines par an. Adieu, les plannings Excel, les agendas Google, l'affreuse moquette orange des salles de réunion, le jargon des trois *associate partners*, la souffrance quotidienne en ouvrant les mails truffés de fautes d'accord des *project managers*. Adieu aussi le minuscule deux-pièces auquel ils étaient contraints, la rente de Victorien filant dans le loyer de son atelier et l'achat de ses seaux de peinture japonaise. Hélas, il fallait être réaliste : le ciel, par la main d'Adalbert, semblait bel et bien la condamner à une longue vie de tâcheron en tailleur gris, téléguidé par les relances de facturation et les sonneries téléphoniques.

Assis de l'autre côté de la cheminée, Martin restait en retrait de la discussion avec une aisance qui fascinait sa belle-sœur. S'il était choqué par le testament, il ne le montrait pas. Le mari de Mathilde était devenu fiscaliste comme d'autres deviennent coiffeurs : par hasard. Bon élève, il avait obtenu son baccalauréat en deux coups de cuillère à pot et, l'heure de l'orientation venue, s'était tourné vers la matière la plus à même de flatter sa rigueur et son esprit d'analyse : le droit. De licence en master, il s'était intéressé à l'économie. Son dernier stage l'avait mené dans un grand cabinet de conseil lillois. Depuis, des vents propices le propulsaient vers les sommets sans qu'il semblât ramer le moins du monde. À trente ans, il venait d'être nommé associé. Le même hasard lui avait fait rencontrer sa future femme dans une soirée. La désinvolture de Mathilde l'avait amusé, il l'avait invitée à dîner, puis réinvitée. Les qualités de la petite Sainte-Sévère se décelaient à l'œil nu, comme ses défauts. Le jeune avocat avait signé sans regrets.

Arthur attrapa une assiette et y entassa au hasard un peu de potjevlesch, quelques tranches de pain et une grosse cuillerée de lentilles qu'il arrosa de vinaigrette maison.

— Grand-père avait ses raisons, ânonna-t-il en enfournant une bouchée.

Sa sœur ricana.

— C'est plus la peine de faire ton fayot, il n'est plus là.

Outré, Victorien leva le nez de son livre.

— Mathilde !

— Oh ! ça va ! Ne fais pas semblant de t'intéresser à la conversation.

Vexé, Victorien baissa le nez dans *La Petite Histoire de la Commune* qu'il venait d'attraper sur un guéridon et regagna 1870, l'humiliation de Napoléon III le consolant de la sienne. Sophie lui jeta un coup d'œil désolé. Pauvre Victorien ! Il avait un bon fond et détestait la violence, qu'elle soit verbale ou physique, mais il avait la résistance mentale d'un bigorneau.

— Mathilde, même si tout cela nous semble absurde, maître Ozieux nous a expliqué que c'était parfaitement légal. Aujourd'hui, on peut laisser son héritage à son chat ou son poisson rouge. Nous ne pouvons rien faire. Et crois-moi, ça me désole autant que toi.

Sa voix était posée, mais l'amertume y sonnait si fort qu'elle tira Victorien de son cher dix-neuvième siècle.

— Sophie !

— Quoi, Sophie ? Ben oui, j'aimerais bien trouver une trentaine de millions dans une pochette-surprise, comme nous tous ici, je pense. Ce sera pour une prochaine vie…

Et pour montrer à son mari que la discussion était close, elle décapsula une bière et en avala la moitié d'une traite.

Debout derrière la porte en chêne, l'oreille collée au battant, Claude leva un sourcil. Il aimait bien madame Sophie. Elle ne venait pas d'une grande famille du Nord, mais elle était mieux élevée que beaucoup de leurs rejetons. Plus travailleuse, aussi. Elle tenait du roseau plutôt que du chêne, solide, mais discrète, aimable. En cinq ans de mariage, elle n'avait jamais oublié de lui souhaiter son anniversaire. Monsieur aussi aimait bien madame Sophie. Malheureusement, lui avait-il confié en rédigeant son fameux testament, l'expérience n'aurait de sens qu'à la condition de mettre tout le monde dans le même radeau. Sophie, comme les autres. Un caquètement lointain, venu de l'étage, arracha le majordome à ses rêveries.

— J'arrive, Prince !

Il étira sa silhouette voûtée et se glissa dans la cuisine. Le cacatoès réclamait sa dose de pistaches. C'était son bonbon du soir. Gourmand et peu porté sur les fruits et les légumes, l'oiseau rose avait, comme tous ses congénères, une prédisposition à l'empâtement. Si on l'avait écouté, on l'aurait nourri de cacahuètes, mais, lors de sa première visite, le vétérinaire avait été très ferme :

— Les fruits secs et gras doivent rester des friandises si vous tenez à sa santé. Un mélange de graines pour grandes perruches, c'est ce qu'il y a de mieux. Et ajoutez des branches de millet ou des carottes pour qu'il se dépense un peu en les déchiquetant pour picorer.

Né dans les corons et élevé aux chicons, Claude n'avait aucune idée de ce à quoi ressemblait du millet, mais il avait scrupuleusement suivi les consignes de l'homme de science. Après avoir consulté l'Encyclopédie Larousse en dix-huit tomes qui trônait dans la bibliothèque, il était parti au marché de Wazemmes en quête de la précieuse plante. Sa peine avait été récompensée au-delà de ses attentes : le cacatoès avait fait une dizaine de loopings autour de sa barre en les voyant et s'était amusé toute la matinée avec les branches glissées dans sa cage. Ce jour-là, l'oiseau rose avait conquis son cœur.

— Cet oiseau, c'est comme un enfant, répétait volontiers le majordome à la cuisinière.

Il avait lu tout ce qu'il était possible de lire sur le cacatoès rosalbin, ou *Eolophus roseicapilla* de son vrai nom. Seul spécimen du genre *Eolophus* parmi les *Cacatuidae*, c'était aussi le plus drôle et le plus affectueux. Adalbert lui avait fait installer dans son bureau une cage de deux mètres de haut, la chose étant plus facile qu'il n'y paraît quand la hauteur sous plafond atteint presque dix pieds. De là, Prince observait son maître travailler en sautillant de perchoir en perchoir. Quand le temps lui semblait trop long, il multipliait les clowneries pour attirer l'attention d'Adalbert et lançait quelques tirades. Il entamait généralement la discussion par « Tout vient à point à qui sait attendre ! » suivi d'un « Adalbert, c'est l'heure ! » et assenant le coup de grâce d'un virulent « Après l'heure, c'est plus l'heure ! » Prince montrait un faible égal pour les fruits secs et pour les proverbes. Adalbert en souriait dans sa barbe.

— Oui, oui, Prince, j'arrive, assurait-il. Et il se levait pour attaquer une partie de jeux de cubes avec son petit compagnon.

Lorsque le soleil daignait se montrer, Adalbert s'installait dans le jardin avec un livre et entreprenait l'éducation du volatile.

— Sais-tu, lui disait-il, que la première automobile fonctionnelle est née en 1769 ? Soit quinze ans avant la montgolfière ! Qui l'eût cru ?

Prince était sans conteste le plus cultivé des cacatoès vivant sur les cinq continents.

Le perroquet sautillait gaiement d'un meuble à l'autre à travers la chambre verte. Lorsqu'il vit Claude, il s'immobilisa comme un hydroglisseur, la tête légèrement penchée.

— Adalbert, gloussa-t-il, l'œil rieur.

Le majordome ouvrit son sachet de pistaches.

— Mon pauvre Prince, Adalbert ne reviendra pas.

Il sema une poignée de fruits secs sur le guéridon Napoléon III et ressortit en tirant la porte derrière lui. Debout sur une patte, l'oiseau considéra fixement les pistaches disposées devant lui.

— Malédiction ! lança-t-il d'une petite voix croassante. Puis, une par une, il jeta les pistaches dans la corbeille à papier.

Ignorant du drame qui se jouait au premier étage, le vieux domestique redescendit à la cuisine. Marie rangeait la vaisselle.

— Vous prendrez bien une petite anisette avec moi, Claude ?

Le majordome retint une grimace. Il détestait l'anisette, ce liquide poisseux et douceâtre, et ne jurait que par le genièvre. Ça, au moins, c'était goûtu. Mais Marie était à moitié marseillaise et, pour ne pas la peiner, il accepta. La cuisinière sortit deux petits verres facettés et une bouteille de Marie Brizard. Elle s'assit.

— Ça semble les ébranler, cette histoire.

— Mettez-vous à leur place.

Elle hocha la tête. Elle connaissait les « petits », comme elle les appelait, depuis vingt ans. L'hiver suivant la disparition de Maximilien et d'Annette, Zola était morte, renversée par une voiture de la Poste qui zigzaguait sur le verglas. Adalbert s'était retrouvé bien démuni devant ces trois têtes blondes. Sans Marie, les enfants eussent été nourris de choux de Bruxelles et de porridge. Elle les avait consolés comme elle avait pu, à grandes fournées de madeleines glacées au chocolat, de Pavlova à la framboise et de bûches au beurre. Ce fut sans doute l'abondance de ces mets recherchés qui instilla à Mathilde et Arthur leur penchant pour le baroque. Le petit Victorien, lui, préférait écraser ses gâteaux et former des étoiles avec les miettes.

La grosse horloge industrielle accrochée au mur égrenait ses tic-tac. Minuit, bientôt. Il était l'heure de passer aux choses sérieuses. Le majordome vida son verre et se leva.

— Bonne nuit, Marie.

— Bonne nuit, Claude.

Il posa le verre dans l'évier et gagna sa chambre. Son entraînement l'attendait. Restée seule, Marie rangea la liqueur, essuya soigneusement les deux verres et l'évier. Avant d'éteindre, elle jeta un regard à l'horloge. Adalbert l'avait rapportée des États-Unis l'été précédent. Son dernier voyage, mais il ne le savait pas. Derrière les longues aiguilles noires, on pouvait lire en lettres rondes : THE ONLY EASY DAY WAS YESTERDAY[1]. La cuisinière ne comprenait pas l'anglais, mais cette phrase lui avait toujours paru sinistre. Ce soir, elle lui semblait plus agressive que jamais.

1. Le seul jour facile était hier. Devise des Navy Seal, forces spéciales américaines.

Elle monta le grand escalier à pas lents jusqu'au troisième étage. Le bois craquait sous ses pantoufles. Elle était trop fatiguée pour lire, comme chaque soir, quelques pages de son roman policier. Elle se brossa rapidement les dents, enfila sa chemise de nuit en pilou et se blottit contre l'oreiller. En quelques minutes, elle coula dans un sommeil peuplé d'horloges géantes et d'enfants aux joues rondes.

5

OÙ L'ON COMPTE LES PISTACHES

19 décembre
Saint Urbain (encore, mais plus pour très longtemps)

Dans le salon, la flambée ne parvenait pas à réchauffer l'atmosphère. Victorien s'acharnait sur les destins croisés de Jules Vallès et du général d'Aurelle de Paladines, mais le cœur n'y était plus. Il remâchait les paroles de sa femme. Sophie regardait le feu sans le voir : derrière les flammes dorées, elle voyait apparaître des pans de moquette orange, des écrans de visioconférence, des tourbillons de mails, et les larmes lui montaient aux yeux. Arthur engloutissait agilement des lentilles de la main droite tout en tapotant sur son smartphone de la main gauche.

Martin jeta son aile de poulet en gelée dans une coupe et se leva.

— Je vais me coucher.

Mathilde en recracha sa gorgée de blonde.

— Tu plaisantes, Martin ? Il faut qu'on discute !

— Je ne vois pas de quoi. Comme l'a justement souligné Sophie, Adalbert a pris sa décision et j'ai une réunion demain avec des investisseurs chinois qui, eux, peuvent encore m'aider à devenir millionnaire. Bonne nuit.

Il lança un sourire à sa belle-sœur, se pencha pour piquer un baiser sur le chignon de sa femme et fila avant qu'elle ne puisse répliquer.

La tête mollement penchée vers le feu, Sophie regardait toujours ses millions partis en fumée. Le silence était si pesant qu'il finit par l'arracher à sa vision.

— Je vais me coucher aussi.

— Et toi, Victorien ? interrogea Mathilde d'une voix aigre.

— Quoi, moi ?

— T'en penses quoi ?

— Ma foi…

Mathilde leva les yeux au ciel, Arthur ricana, et Victorien jugea le moment opportun pour s'exfiltrer en compagnie du général d'Aurelle de Paladines.

Mathilde était superficielle, mais elle avait l'intelligence des mouettes : elle savait où était son intérêt. Elle attaqua :

— Tu réalises que cette sale bête peut nous enterrer ?

— Ce n'est qu'un perroquet, jeta Arthur.

La cadette et le benjamin Sainte-Sévère étaient restés à traîner dans le salon encore éclairé par les dernières bûches. Le pâté de campagne avait vécu, et le plat de lentilles n'était plus qu'un souvenir. Avachi dans la grosse bergère bleue du salon, les jambes pendant au-dessus de l'accoudoir, Arthur était très occupé à achever les bières tièdes. Sa sœur lui jeta un regard plus frais que le liquide qu'il ingurgitait.

— Pauvre andouille ! Un cacatoès peut vivre cinquante ans.

En prononçant ces mots, Mathilde imagina le cacatoès perché au-dessus de son cercueil et croquant des pistaches. La vision était insoutenable. Elle frissonna. Voir deux cent trente millions d'euros s'envoler en fruits secs ? Hors de question.

— On peut très bien gagner cent mille euros en un an.

— Je ne vois pas comment.

— Plein de gens font ça.

— Qui ?

— Je ne sais pas, moi... Bill Gates, Zuckerberg, Dassault... Ils gagnent dix mille dollars rien qu'en posant le pied par terre chaque matin !

Arthur était lucide quant aux capacités de sa sœur.

— Donc, tu comptes inventer un avion de combat et le vendre en kit au Qatar ?

Mathilde regarda son frère vautré et ravala une insulte ou deux. Contrairement à son cadet et à leur aîné, les miettes des dividendes des Conserves Sainte-Sévère étaient loin de la contenter. Et, contrairement à eux, elle avait hérité quelques-unes des qualités d'Adalbert, au premier rang desquelles la pugnacité. Tel un bichon, Mathilde ne lâchait jamais son os : robe soldée, table dans un restaurant chic ou couleur des coussins, elle obtenait toujours le trophée de son choix. Un jour de braderie, elle avait remporté le dernier plat de moules-frites au nez et à la barbe d'une centaine de touristes. Elle avait même convaincu Martin, si austère, de l'épouser. Elle avait également une assez haute opinion de la gent féminine et elle était persuadée de la supériorité du cerveau de son genre. Ce que des mecs ont fait, je peux le faire, pensa-t-elle, le regard dans le vide.

— Ce qu'un étudiant boutonneux a fait, je peux le faire.

Arthur ricana.

— T'as pas fait Harvard non plus, hein !

Mathilde leva des yeux exaspérés, son regard balaya les corniches dorées du plafond avant de retomber sur ses chaussures. Et elle se mit à rire.

— Tu sais quoi ? Non. Mais j'ai fait Prada et j'ai une vie de rêve. Je vais la vendre.

— Tu vas quoi ?

— Regarde mes bottes !

— Quoi, tes bottes ?

— Elles ont quoi ?

— Mais j'en sais rien ! Rien, elles sont très bien, tes bottes.

Sa sœur se jeta sur lui et le prit à bras-le-corps. La bergère Louis-Philippe exhala un gémissement courroucé.

— Justement ! Justement, justement !

Mathilde se redressa et, sautillant d'un pied sur l'autre, entama un tour d'honneur en agitant les bras au-dessus de sa tête comme une ballerine.

— Je vais devenir riche !

— En vendant tes bottes ?

— Mais non, andouille ! Avec Instagram ! Je vais obtenir des posts sponsorisés, et, bim, cent mille euros !

Ce fut au tour d'Arthur de lever les yeux vers le plafond surchargé de moulures.

— Ma pauvre, y a plus de nanas sur Instagram que de sous sur le compte de grand-père. T'es mignonne, mais je ne vois pas en quoi tu sortirais du lot.

— Mais Garance Argentée se fait payer au moins

dix mille euros pour une photo ! Et elle est plus vieille que moi !

— Oui, mais tu m'as dit l'autre jour qu'elle était sur Insta depuis au moins cinq ans, autrement dit, des siècles, et qu'elle était suivie par six cent mille personnes. Alors, avec tes mille sept cent trente-quatre *followers*, tu vas ramer un moment avant d'engranger le premier euro de pub. Tu ne dois pas être la seule poulette à montrer ses chaussures.

Les bras de Mathilde retombèrent et elle se recroquevilla sur le pouf. Si elle était vexée, elle sut mettre sa fierté de côté et admettre que son frère soulevait un point critique : au vu de la concurrence, les cent patates pouvaient être un peu longues à engranger. OK. Mauvaise idée. Mais il y avait sûrement quelque chose à faire ; il suffisait de trouver un concept qui fonctionne. Pourquoi ne pas lancer une application de rencontre pour chiens ? Ou une box de maquillage vegan ? Les gens s'arrachaient ça. Ou une marque de bretelles made in France ? Non, pas de bretelles, de chaussettes ou de slips : la fabrication, la distribution, les stocks... Le textile était trop fatigant, presque aussi lourd à gérer qu'une usine de conserves.

Elle ralluma une cigarette, fronça les sourcils et se concentra, tentant de rassembler les bribes de marketing attrapés d'une oreille dans l'amphi de l'EDHEC. Pour la première fois, elle regrettait de n'y avoir pas été plus attentive : les cours, finalement, servaient peut-être à quelque chose et pas seulement à justifier un droit d'entrée à quarante mille euros[1].

1. Montant moyen des frais de scolarité à l'EDHEC, célèbre école de commerce de Lille.

Son cerveau fonctionnait à la vitesse d'un microprocesseur. Aujourd'hui, les gens avaient tout et adoraient les choses inutiles. Plus question de faire fortune en leur vendant des salades ni même des petits pois ; quant au jambon, ils s'en méfiaient comme de la peste : trop de sel, de nitrates et de gluten cachés. Ils voulaient des produits propres, beaux, qui les fassent rêver. Le problème, c'était que les modes passaient de plus en plus vite et les rêves d'aujourd'hui n'étaient déjà plus ceux de demain. Il fallait donc connaître l'avenir, la clé était là. Qu'est-ce qui les ferait courir demain ? Elle se rappela un projet d'insectes apéritifs étudié à l'EDHEC, mais l'écarta en une microseconde : imaginer seulement avaler des fourmis et des araignées caramélisées lui donnait de l'urticaire ; en faire la promotion lui collerait la nausée. Un bar à chats vegan ? Elle ne se sentait pas l'âme d'une commerçante. Trop de gens mal habillés à côtoyer.

— Laisse tomber, Mathilde. On vivra très bien avec ce qu'on a. Papa et maman nous ont laissé une rente, ce n'est pas comme si on était au RSA.

L'interruption la mit hors d'elle.

— Jamais de la vie ! Je suis d'accord avec grand-père : ce qu'il a fait, je peux le faire. Et tu vas te bouger aussi. Je refuse de crever la bouche ouverte à cause de toi.

Arthur soupira et leva les yeux au ciel. « Crever »... Tout de suite les grands mots... Et gagner cent mille euros en douze mois, en partant de zéro ? C'était tout bonnement impossible, même Adalbert n'aurait pas réussi. Le vieux s'était vexé, il avait voulu les déshériter, soit, grand bien lui fasse, et longue vie à sa perruche, libre à elle de s'étouffer avec ses pistaches.

— De toute façon, Victorien ne fera rien, dit-il. Il se fiche de l'argent.

— Retourne dans ton trou et laisse-moi réfléchir.

Exaspéré, Arthur se leva, attrapa son caban et son casque de scooter. Vingt-cinq minutes plus tard, il était sous sa couette, sombrant dans le sommeil dit du juste, et Mathilde réfléchissait toujours devant le feu mourant.

Les chiens ne font pas des chats, paraît-il, et pourtant, c'est bien le cas dans notre famille. Mon père n'avait aucune fantaisie, mon fils n'en avait pas plus et, à leur tour, mes petits-enfants n'ont rien de commun avec leurs propres parents. Je fus une sorte d'accident généalogique.

On peut se demander, quand on ne les connaît pas, ce qui distingue mes petits-enfants les uns des autres : tous les trois semblent se traîner H24 de vernissage en salon de thé ou de boîte de nuit en magasin de luxe. Et pourtant, ils passent leur temps à se houspiller, persuadés qu'ils sont que les autres sont plus fainéants qu'eux-mêmes. C'est un spectacle assez fascinant.

Prenez Mathilde. Elle a du talent, mais elle l'ignore. Elle a grandi sans jamais manquer de rien, pourtant persuadée qu'elle mérite plus. Une vraie princesse aux petits pois. Elle a fait une école de commerce pour suivre le rang, pour ne pas se sentir inférieure, mais, au fond, elle aurait dû être designer. Cette petite a un sens des couleurs et des volumes étonnant, de l'indépendance d'esprit. Mais être designer impliquait de travailler dur et d'accepter pendant quelques années une place de tâcheron. Du coup, elle préfère errer dans les rues avec d'autres écervelées de son acabit pour chasser les nouvelles boutiques et acheter une centième paire de chaussures. Gâchis.

Arthur est bâti sur le même modèle, en moins intelligent, mais en plus indépendant. Quant à Victorien... un poète. Il croit qu'il peut transformer la réalité. Bonne chance à lui. Si c'était possible, ça se saurait. Et je l'aurais fait il y a cinquante ans. Mais, ma foi, il paraît qu'il n'est jamais trop tard.

6

Et la lumière fut

20 décembre
Saint Théophile (dit Théo)

Le soleil réveilla Arthur. Il était déjà midi, mais l'emploi du temps de sa journée se résumant à rien, peu lui importait l'heure. Il s'étira, s'enroula dans sa couette et se réengonça dans les oreillers. Les paroles de sa sœur voletaient dans son cerveau et l'empêchaient de somnoler paisiblement. Une grande tasse de café s'imposait. À tâtons, la mèche de travers et le pyjama en bataille, il se traîna jusqu'à la machine. Ronde, rouge, rutilante, éblouissante de toutes ses jantes en inox, elle était la pièce maîtresse de sa cuisine. Son phare. Son alpha du matin et son oméga du soir. Arthur ne concevait pas l'existence sans une bonne douzaine de cafés quotidiens, souvent allongés d'une louche de rhum passé dix-huit heures. L'habitude hérissait son grand-père.

— Gâchis ! taclait sèchement le vieillard.

La machine rouge, le rhum à cent vingt euros la bouteille et la mèche laquée d'Arthur représentaient tout ce qu'il abhorrait, les robes à trois zéros de sa petite-fille et les découverts pharaoniques de son petit-fils le mettaient dans un état de sidération absolu. Sous ses airs de manoir victorien, la maison de la rue Royale était un temple dont les dieux étaient Austérité et Discrétion. Ici, comme dans toutes les grandes familles de la région, on vivait pour travailler et l'argent ne s'étalait pas. On l'utilisait pour construire une usine plus grande ou acheter des machines plus modernes, mais on ne le savourait pas. Boire du rhum de quarante ans d'âge à l'happy hour, c'était jeter dividendes et futur capital par les fenêtres. Quand il quittait une pièce, Adalbert éteignait toujours, histoire de ne pas gaspiller l'électricité, et fermait la porte pour économiser le chauffage. Il réparait lui-même son vélo, ne voyant pas l'intérêt de payer un mécanicien pour une tâche qu'il pouvait effectuer, et, si la famille avait depuis toujours une cuisinière, c'était parce que cet investissement économisait de coûteux dîners d'affaires dans les grands restaurants tout en épatant les Chinois ou les Australiens qui béaient devant les repas *so frenchy*. Marie était le meilleur placement dont on puisse rêver : elle cuisinait les poireaux de la tête à la queue et pour rien au monde n'aurait jeté une fane de radis, recyclable dans un velouté.

Au grand désespoir d'Adalbert et de ses contemporains, le gène de l'économie, transmis sans heurts pendant des décennies, semblait s'être évaporé à l'horizon de l'an 1990. Le bling-bling et la folie des années Tapie avaient lentement mais sûrement provoqué une mutation, et Arthur en était le fruit le plus abouti. Tout, dans son appartement, le criait : le canapé de designer italien, la cuisine ouverte aux meubles en inox brossé, le plan de travail en marbre noir, les suspensions scandinaves, les tapis brésiliens, les pots de crèmes pour le visage achetées à New York, les chaises en résine moulée jaune fluo et orange pétard.

Le décès d'Annette et Maximilien avait profondément traumatisé le petit Arthur, sans doute parce qu'il était le plus jeune. Du jour au lendemain, il était passé des bras d'une mère blonde et souriante à ceux d'un aïeul austère et barbu. Il avait vécu ce changement comme une punition. Il détestait la grande maison, ses fenêtres à courants d'air et les devoirs exécutés sous l'œil sourcilleux de son grand-père dans le bureau. Chaque fois que l'enfant entrait dans la pièce, il voyait les trophées étranges, les dagues accrochées au mur, l'insigne des commandos orné d'une mystérieuse paire d'ailes, triangulaire et brillant, posé sur la commode, et l'insigne le regardait en retour, froid, luisant, tapi dans l'ombre du béret comme une tête de loup dans les bois à la tombée de la nuit. Vingt ans après, il s'en rappelait encore. L'expérience l'avait dégoûté de la chose militaire et lui avait collé quelques cauchemars récurrents. À peine ses dix-huit ans fêtés, il avait pris sa rente, ses cliques et ses claques et s'était installé dans le premier loft venu. Une bande de copains grattouilleurs de guitare lui avaient demandé d'être leur agent et il avait trouvé l'idée géniale. Arthur de Sainte-Sévère était donc officiellement agent artistique.

La machine à café avait cessé de glouglouter. Elle hoqueta et avala sa dosette en aluminium. D'une main, Arthur saisit sa tasse et de l'autre feuilleta mollement un vieux numéro de *GQ* qui traînait sur le bar. *Les 10 Français qui font New York, Harlan Coben, serial winner, Comment être plus visible sur Instagram…* Le dernier titre attira son attention et il balaya la page distraitement. *Envie de briller sur Instagram ? Cette infographie de l'agence Milkie va vous donner tout un tas de conseils pour être incontournable.* L'accroche le réveilla d'un coup et il se plongea dans l'article.

La déception vous taraude. La photo de votre hot-dog, si finement préparé, si joliment présenté, n'a obtenu que trois likes *sur Instagram. Pourtant, vous étiez persuadé qu'en la postant un lundi midi avec 25 hashtags et un filtre Toaster, la majorité des 400 millions d'utilisateurs actifs allaient adorer votre œuvre. Si vous en avez marre de ne récolter qu'une microscopique partie des 3,5 milliards de « J'aime » quotidiens, la récente infographie de l'agence Milkie, spécialisée dans les réseaux sociaux, va vous donner quelques astuces. Entre heure idéale de publication, pertinence du contenu, nombre de hashtags et de smileys, ces conseils devraient vous permettre d'améliorer votre visibilité sur le deuxième réseau le plus utilisé au monde (après Facebook).*

Selon le journaliste, ces hideuses photos de saucisses ou de mentons barbus attiraient bel et bien les annonceurs comme la confiture les mouches. La veille, devant sa sœur, Arthur avait joué les indifférents, mais deux cent trente millions d'euros – ou deux cent cinquante, il ne savait plus exactement – assuraient un certain confort. Même si, bien sûr, il n'était pas question de vendre la conserverie, son héritage lui permettrait de s'offrir plus de cent vingt mille bouteilles de vieux rhum. Voire un domaine à la Martinique.

Une idée encore impalpable commença à flotter dans son cerveau et, pour y voir plus clair, il lança un deuxième café bien serré. Au plop de la machine, la méduse conceptuelle avait pris forme ; elle apparut, lumineuse, éblouissante : son idiote de sœur avait raison, mais, pour rafler la mise, il suffisait d'opter pour le créneau masculin, nettement moins embouteillé que son pendant féminin. C'était aussi simple que ça. Très fier de son idée, Arthur posa son café et fila se recoucher. Il avait assez travaillé pour la matinée.

***

Mathilde avait mal dormi, hantée qu'elle était par une armée de perruches jacassantes. Pour se remonter le moral, elle avait enfilé une robe orange sanguine, mais elle hésitait à sortir, errant au salon entre la cheminée et la bibliothèque. Elle explora les étagères une à une, feuilletant les livres au hasard de la couleur de leur couverture. Les romances à l'eau de rose de sa grand-mère lui arrachèrent quelques gloussements avant de la lasser, les lectures d'Adalbert ne présentaient aucun intérêt. C'était un fatras de Tite-Live[1], Albert Londres, Conrad et Victor Hugo, plumitifs poussiéreux aussi barbus que son aïeul.

Les phrases du notaire lui embrumaient la tête. Plus elle y pensait, moins elles lui semblaient rationnelles. Elle se décida à interroger le vieux majordome. Il était absent lors de l'ouverture du testament, mais, en tant que « tuteur » de Prince, il avait forcément été contacté par le notaire. Et Adalbert lui avait peut-être fait des confidences.

— Claude, vous saviez que grand-père avait la nationalité américaine ?

— Oui, mademoiselle. Elle lui a été accordée en reconnaissance d'un acte accompli en Indochine.

1. Ici, Mathilde doit confondre avec Homère : toutes les représentations de Tite-Live montrent un visage certes austère, mais rasé à la perfection.

Dans son cadre doré à la feuille, le portrait d'Adalbert, accroché derrière le canapé, narguait Mathilde. Les yeux bleus plus grands que nature, autoritaires, semblaient fixés sur le haut de son crâne. Elle gigota, tira sur sa jupe, resserra son gilet en peau de mouton vert fluo.

— Et qu'est-ce qu'il avait fait ?

— Il a sauvé un officier américain pendant la guerre.

— C'est tout ?

Claude manqua lâcher le vase de Chine qu'il époussetait. Le Nankin dut sa grâce aux réflexes du majordome, qui rétablit l'équilibre d'un coup de poignet.

— Oui, mademoiselle.

Mathilde fronça le nez. Tout cela lui semblait de plus en plus absurde.

— Avouez, Claude, que c'est une histoire de fous !

— Claude, Claude !!

Elle ferma les yeux pour ne pas fusiller le cacatoès du regard. Perché dans sa cage, la tête penchée, Prince l'observait, et son petit œil rond brillait malicieusement sous sa houppette.

— Clauuuude, roucoula-t-il.

Saleté ! pensa la jeune femme. La présence du majordome et leur mésentente cordiale l'empêchaient d'exprimer ses quatre vérités à l'oiseau. L'attitude de Claude avait toujours muselé la cadette, pourtant peu impressionnable, et lui, de son côté, voyait d'un mauvais œil son acharnement à vivre dans la maison familiale. Monsieur Arthur, au moins, avait la décence de commettre ses frasques ailleurs. Le majordome espérait le départ de la jeune femme depuis qu'elle avait soufflé ses dix-huit bougies, mais, contrairement à son frère, elle s'incrustait comme une tache de goudron dans un tapis persan. Elle avait colonisé les six pièces du deuxième étage, et son mode de vie donnait du fil à retordre au chiffon de Marie : la pauvre femme se faufilait entre les farandoles de vernis à ongles et les amoncellements de lingerie. Ses chaussures, à talons, à boucles, vernies, pailletées, en chèvre, en poulain, avec ou sans strass, occupaient deux murs entiers et exigeaient à elles seules une bonne heure d'époussetage. Une vision surréaliste pour Claude, dont la garde-robe se résumait à trois costumes gris souris, cinq chemises blanches et deux paires de souliers noirs.

Quelques semaines avant leur mariage, Martin avait bien suggéré à Mathilde de s'installer chez lui, mais elle avait refusé. C'était la grande maison ou rien, elle détestait cuisiner et préférait se priver d'indépendance que des petits plats de Marie. Martin n'avait pas insisté ; il partait travailler à huit heures au plus tard et revenait à vingt heures au plus tôt. La vie en clan ne lui pèserait guère. Il avait mis son appartement en location et avait suivi sa femme rue Royale. Comme il rangeait ses chaussettes, savait tenir sa fourchette et parlait peu, la greffe avait pris avec Adalbert.

Un bip-bip résonna dans les entrailles du canapé. Mathilde plongea la main entre les coussins, tâtonna quelques instants et en extirpa un portable en forme de lapin.

Hello ! On se fait un kfé ?
Big bises,
Louise

Elle soupira, hésita, avisa Claude. La mine renfrognée du majordome la décida à fuir.

OK. RV chez Méert à 12 h.

Il était dix heures à peine ; elle avait le temps de se refaire les ongles. Le mystérieux passé de son grand-père attendrait.

Sitôt qu'elle eut quitté la pièce, Claude ouvrit la fenêtre pour chasser les effluves de Dior Addict qui flottaient dans la bibliothèque. Le parfum jurait avec l'odeur de bois ciré. La désinvolture de Mathilde, surtout, lui donnait des haut-le-cœur.

Sa rencontre avec Adalbert de Sainte-Sévère lui revint à l'esprit comme si elle avait eu lieu la veille. C'était en 1954. Il avait dix-huit ans et sortait de prison. Pour se racheter, traduction élégante de « se faire oublier », il avait signé pour l'Indochine. L'armée cherchait encore quelques kilos de chair à canon. On l'avait équipé de brodequins réglementaires, d'un sac de cinquante kilos et d'un parachute avant de l'enfourner dans un C47. Son premier voyage en avion. Il avait atterri, au propre comme au figuré, dans un marécage infesté de cadavres et de moustiques. Trois heures plus tard, il creusait son trou sous les ordres d'un caporal-chef à l'accent corse. Trois mois plus tard, le gouvernement français signait la fin de la récré, et leur régiment pliait bagage avec armes et blessés. Mais sans Claude et Adalbert, occupés à goûter l'hospitalité du Viet Minh dans un camp de rééducation. En conjuguant leur malice et leur désespoir, les deux hommes parvinrent à s'évader. Ni l'un ni l'autre n'évoquèrent jamais ces semaines dans la jungle. Ils y avaient survécu, c'était l'essentiel, et avaient même emporté dans leur fuite un souvenir, un pauvre bougre d'Amerloque qui avait perdu une main dans un piège à cons[1].

1. Pour lutter contre les troupes américaines, les Viêt-Cong truffaient la jungle de pièges rudimentaires mais terriblement efficaces, appelés « pièges à cons » (bambous acérés et empoisonnés cachés au fond d'un trou, grenades reliées à une ficelle tendue entre deux arbres, etc.).

Une fois lavé, nourri, pansé et en sécurité à l'ambassade américaine de Paris, ledit bougre s'avéra être le fils du chef de cabinet du secrétaire d'État des États-Unis. Le papa reconnaissant, après s'être renseigné sur l'identité des bons Samaritains, jugea ridicule de remercier un riche héritier d'une poignée de dollars et lui offrit ce qu'il considérait comme la récompense suprême : un passeport floqué d'un aigle. Le livret arriva à l'ambassade alors qu'Adalbert et Claude buvaient une bière avec James, fêtant son prochain retour au pays.

— C'est bien, avait souri Adalbert en levant sa bouteille en direction de l'Américain. Avec ce passeport, je viendrai goûter le *corn whisky* chez toi.

James avait approuvé avec enthousiasme et ils avaient baptisé cette perspective d'une bonne goulée de blonde.

Le lendemain soir, il était dans un avion pour Washington tandis qu'Adalbert et Claude rejoignaient Lille. Trop heureux de revoir leur fils unique, les Sainte-Sévère avaient considéré Claude comme une sorte d'aide de camp et firent mine de ne voir ni le tatouage qui débordait du col de sa chemise ni son accent à couper les corons. Il fut d'abord gardien de nuit à l'usine, puis, à la disparition d'Edgar, le majordome historique de la famille, on lui proposa sa place. Il ne distinguait alors pas un bol d'une saucière, et la vieille madame de Sainte-Sévère prit les choses en main.

— Voyez-vous, mon petit Claude, lui dit-elle, vous êtes là pour mettre à l'aise les gens en rattrapant parfois leurs maladresses, leurs hésitations et en prévenant leurs besoins. Pour cela, vous devez vous-même être à l'aise !

L'entraînant dans la salle à manger, elle lui prodigua une formation accélérée devant le vaisselier. Suivirent, le lendemain, l'art de la réception, puis, le jour suivant, la présentation des plats. Le tout assaisonné de questions pièges.

— Que faites-vous si un invité arrive en avance ?

— Je le fais patienter dans le petit salon, madame.

— Bien, Claude. Et s'il est ivre et vous demande de lui resservir du vin pendant le repas ?

— Heu…

— Vous lui servez de l'eau, Claude. Un point, c'est tout. Vous êtes le chef.

— Bien, madame.

La vieille dame l'avait regardé sévèrement et avait insisté.

— Ne l'oubliez jamais, Claude. C'est vous qui dirigez. Vous êtes le chef d'orchestre.

Cinquante ans plus tard, le majordome entendait encore résonner la voix de Zola dans le salon.

***

En découvrant le lieu de rendez-vous donné, Louise avait compris que l'heure était grave. Mathilde ne jurait habituellement que par Pablo – Valentina, lieu hybride et soi-disant intimiste où se pressait le Tout-Lille de dix-neuf à quarante-quatre ans, une date de péremption aussi mystérieuse que tacite. La salade de pissenlits y était infligée au prix du caviar, on la dégustait devant des pots de confiture d'abricots grecs bio, des jambons venus de Colombie accrochés comme des installations d'art et des séries de photos de mode en noir et blanc qui auraient coupé l'appétit à un boulimique. Le tout nappé d'étagères scandinaves et de fauteuils d'architecte plus originaux que confortables.

Mathilde ne mettait les pieds chez Méert, vieux salon de thé rococo, qu'en cas de dépression. Elle avait alors besoin de retourner aux fondamentaux : la gaufre à l'ancienne et le chocolat chaud. Le défilé de touristes, béats devant la devanture ouvragée et les boiseries dorées, la confortait dans sa position de vieille Lilloise revenue de tout.

Assise bien droite à l'étage, son manteau de fourrure rouge négligemment jeté derrière elle, elle sirotait un cacao aux dattes, non sans avoir instagrammé sa tasse de porcelaine. L'effarement de Louise redoubla en voyant son amie déjà installée, la ponctualité de Mathilde étant aléatoire. Elle lui piqua un baiser sur la joue avant de se glisser sur la banquette.

— Comment tu vas, ma choute ?

Mathilde se lança dans un borborygme sans queue ni tête, d'où émergèrent quelques mots : millions, cacatoès, fou. Louise l'écoutait, bouche bée.

— Je ne comprends rien. Recommence depuis le début, s'il te plaît.

Avec des airs de martyre, Mathilde s'exécuta. Louise, sourcils froncés, essaya de digérer l'information.

— Si j'ai bien compris, tu perds ton héritage ? Mince alors !

— Sauf si je gagne cent mille euros. Tu crois que, si je vends les bijoux de ma mère, ça compte ?

Louise poussa un cri horrifié.

— Jamais de la vie ! Tu ne peux pas faire ça !

— Bah, avec les soixante-dix millions que je récupérerai, j'aurai largement de quoi les racheter.

Le raisonnement se tenait, mais l'idée de vendre des souvenirs de famille choqua Louise. Grignoter l'aiderait à reprendre ses esprits. Elle attrapa la carte posée sur la table voisine.

— Je crois que je vais prendre une pâtisserie. Je viens de perdre mes derniers kilos de grossesse, j'ai droit à une récompense.

Mathilde baissa la tête vers la taille de Louise. Son regard se fixa quelques secondes sur la bouée formée par sa robe pull ; elle détourna les yeux avec pudeur. Louise n'avait rien vu, concentrée qu'elle était sur les gourmandises qui s'étalaient en belles anglaises sur le papier gaufré. Religieuse à la fraise, macaron litchi-framboise, croustillant pistaches à la compotée de rhubarbe ou cake au gianduja, son cœur balançait. Elle se décida finalement.

— Tiens, le Jardin d'Éden au jacque, c'est nouveau. Je vais goûter ça.

— Qu'est-ce que c'est ?

— Aucune idée, mais ça doit être bon.

Elle confia sa commande à une serveuse déguisée en soubrette et, quelques minutes plus tard, le mystérieux gâteau se matérialisa dans une petite assiette de porcelaine. C'était une sorte de bavarois d'un vert tendre, couronné d'un anneau de chocolat blanc. Louise l'ouvrit d'un coup de fourchette prudent. La coque mousseuse se fendit, révélant un cœur doré et crémeux. Elle goûta précautionneusement, puis sourit.

— Mmmmh, c'est délicieux !

— Ça a quel goût ?

— Entre l'ananas et la mangue. C'est très doux, pas trop sucré.

Mathilde était intriguée. Ce qui lui arrivait deux fois par an.

— Je peux goûter ?

Louise lui tendit son assiette et elle plongea sa cuillère dedans. Ses yeux s'agrandirent.

— J'adore. C'est meilleur que le yuzu !

Comment cette chose délicieuse avait pu échapper à son radar ? Mortifiée, elle se hâta de googliser le nom.

— Ça alors ! Tu savais que ce truc était une mine de protéines ?

— Les vegans doivent en raffoler.

Mathilde fixa son amie.

— Tu sais que tu es géniale ?

— Moi ?

— Mais oui ! Mademoiselle !

La serveuse s'approcha.

— Oui, madame ?

— D'où viennent ces nouveaux fruits que vous utilisez pour votre Jardin d'Éden ?

— D'Inde, madame.

— Vous savez où je peux en trouver ?

— Non, madame. Nous les faisons venir spécialement et ils se conservent difficilement. D'ailleurs, nous n'en aurons certainement pas la semaine prochaine.

Lorsque la serveuse s'éloigna, Mathilde souriait. Cette fois, elle tenait son idée. Et ses millions.

L'Indochine, c'était quelque chose et c'était pas marrant. Ceux de la métropole ont cru qu'on n'en parlait pas parce qu'on s'en foutait ou qu'on avait honte, mais, en réalité, on voulait les protéger. Pour eux, la guerre était enfin finie, on n'allait pas leur en remettre une couche quinze ans après. Et puis, à part un ancien poilu, qui aurait pu nous comprendre ? On a quand même bouffé des rats et de l'herbe. Deux ou trois fois, j'ai bien cru y rester. Je me souviens d'un gars qui n'avait plus de jambes et qui me réveillait toutes les nuits pour qu'on se fasse la malle. Il m'attrapait le bras, le secouait et chuchotait mon nom en pleurant presque. Et toutes les nuits, je lui disais : « Attends, faut que je trouve un plan d'abord. » On aurait eu bonne mine tous les deux à crapahuter dans la jungle, lui sur mon dos et moi avec la peau sur les os ! Heureusement, la dysenterie l'a embarqué avant mon départ. Le pauvre n'aurait pas supporté que je le laisse là-bas.

Mes trois années passées au Maroc étaient une promenade de santé publique à côté de l'Indo. Mais le bon côté des choses, c'est que ça m'a fait faire un peu de tourisme gastronomique, et j'ai découvert les fruits exotiques, les vrais, ceux qu'on n'avait jamais vus en France : le fruit du dragon, le mangoustan, le ramboutan, le longane... Jamais mangé de jacque, en revanche.

Je n'étais pas fait pour l'armée et j'y suis entré juste par curiosité. Je ne voulais pas mourir en ne connaissant rien d'autre que la vie des conserves, mais, dans l'ensemble, j'ai trouvé l'expérience instructive. J'ai détesté une seule chose à la Légion : les chaussures. Vraiment des saloperies. Elles nous rongeaient les pattes. J'aurais donné n'importe quoi pour des bottines faites à mon pied. C'est peut-être ce qui me rapproche de Mathilde. On est tous les deux très à cheval sur la qualité des chaussures.

7

De l'importance de la ponctualité

21 décembre
Sainte Françoise-Xavière Cabrini (merci de noter que l'auteur s'efforce de respecter la parité)

— Coco, tu ne peux pas me faire ça !

— Je n'y arriverai pas, Robert, je te juuuuure !

Robert se tordit les mains, oscilla sur lui-même comme un derviche tourneur et entreprit de raisonner son poulain.

— Coco, il y aura Max Hévrard. Tu sais qui est Max Hévrard ?

— Oui.

— Et tu sais le mal que j'ai eu à le faire venir ? Tu sais qu'il revient de Beyrouth spécialement pour toi ?

— Oh ! ça va, c'est deux heures d'avion.

— Non, mais tu rigoles ? Au moins quatre heures sans escale ! De toute façon, le problème n'est pas là. Hors de question de poser un lapin à Max Hévrard. Et puis quoi encore ? Pourquoi pas mettre un râteau à la reine d'Angleterre, hein ?

La tête baissée, la moue boudeuse, Victorien de Sainte-Sévère écoutait son agent pester et refusait de céder d'un pouce. Non, il n'exposerait pas son triptyque *Craquements de soleil, de lune et du temps*, il était nul, tout était à recommencer et, oui, il préférait mourir étouffé par ses pinceaux que montrer un tel massacre à Max Hévrard, tout patron du MoMA fût-il. Robert en perdit sa patience et son ton cajoleur.

— Coco, on se connaît depuis dix ans. Je t'ai toujours défendu, soutenu. Mais si tu ne termines pas ces putains de croûtes avant le 31 décembre, c'est moi qui te massacre. OK ? Et je te les fais manger.

Sur ces paroles amicales, l'agent se drapa dans son imper Dries Van Noten et planta là son artiste. Victorien tira une caisse vide au milieu de l'atelier, s'assit dessus et contempla d'un œil attristé son œuvre. Trois grands pans de tissu pendaient du plafond. Le premier était zébré de grands traits de peinture dorée, le deuxième, de pois bleus, et le troisième… Le troisième restait désespérément blanc. Victorien était confronté à une question quasi philosophique : la représentation du temps.

Or, le temps était une notion totalement étrangère à Victorien. Il lui arrivait d'oublier jusqu'à son âge et il prenait toujours un moment de réflexion quand un quelconque gratte-papier lui demandait sa date de naissance. Il ne portait jamais de montre et fuyait le téléphone portable – les écrans, affirmait-il, nuisant à la créativité et annihilant la poétique. Ses amis, avertis, avaient trouvé un stratagème pour éviter les lapins : ils lui fixaient rendez-vous à quinze heures pour le retrouver en réalité à dix-huit heures.

— Tiens, tu es en avance, je ne t'attendais pas si

tôt, s'étonnait même parfois Victorien, inconscient du subterfuge.

Nul ne savait comment Sophie, ponctuelle comme une horloge d'aiguillage, pouvait supporter cette quasi-pathologie, mais les faits étaient là : sa femme semblait s'en accommoder.

Ce rapport maladif au temps ne lui avait jamais porté préjudice ; il était même perçu dans le milieu artistique comme sa marque de fabrique. À chacun ses coquetteries : Karl Lagerfeld portait un catogan, Peter Marino s'affichait dans des tenues sadomasos et Victorien de Sainte-Sévère était chronomentrophobe, voilà tout. Cette fois, pourtant, son handicap lui apparaissait dans toute son horreur. Comment représenter ce que l'on ne connaît pas, transmettre ce que l'on ignore ?

Robert intriguait depuis deux ans dans l'espoir d'exposer son protégé à New York, non pas dans une obscure petite galerie de SoHo, expérience à la portée du premier fantaisiste venu, mais dans une institution reconnue. Pas à pas, il avait entrepris le siège des critiques d'art et des collectionneurs internationaux, invitant chacun à de succulents brunchs. Entre la poire au caramel et le saumon fumé maison, il glissait une allusion ou deux sur le travail de Victorien, sa cote, les propositions envisagées ou refusées, lui constituant une stature désirable, faisant monter la mayonnaise et espérant qu'elle déborde jusqu'aux oreilles d'une éminence. Le téléphone arabe avait fini par atteindre le directeur du MoMA en personne. Max Hévrard l'avait appelé la semaine dernière.

Victorien savait que Robert avait laissé trop d'énergie et d'additions dans les palaces de la capitale pour accepter une volte devant la dernière barrière. Il était tout aussi conscient du soutien et de l'énergie déployés depuis cinq ans par l'agent. Grâce à Robert, il pouvait aujourd'hui vivre de son art. Mais comment appréhender en dix jours un sujet tel que le temps ? C'était tout bonnement impossible. Et de quel temps parler ? Le temps humain, le temps de Dieu, le temps ressenti ou le temps réel ? Le temps historique ou le temps quotidien ? Fallait-il montrer la beauté du temps qui passe, le miracle d'une fleur qui se forme, d'un fruit qui mûrit, d'un enfant qui marche ou, au contraire, les drames qu'il engendre ? Après ces deux premiers volets minimalistes, devait-il achever son triptyque sur une envolée optimiste ou imaginer un effet de balancier en créant une toile noire comme l'enfer ? Les larmes aux yeux, Victorien était pétrifié par l'ampleur de la réflexion. Et le temps jouait contre lui.

***

La sonnerie fit sursauter Sophie. L'œil gauche collé à l'écran, le droit rivé sur un tableau comptable depuis le début de la journée, elle vérifiait les heures facturées par les consultants. Elle sentait une sérieuse crampe oculaire monter, et ses épaules et sa nuque étaient devenues dures comme du granit. Pour une fois, elle accueillit l'appel téléphonique avec soulagement.

— Bureau de Charles Rivau.

— Sophie de Sainte-Sévère ?

En entendant la voix étonnée de son interlocuteur, Sophie réalisa qu'elle avait confondu son portable et le téléphone du bureau. « Ma pauvre fille, se dit-elle, tu as vraiment besoin de vacances. »

— Oui, oui !

— Robert à l'appareil. Je quitte Victorien à l'instant,

il est complètement à l'ouest ! Faites quelque chose ! Emmenez-le à des cours de Pilates, faites-lui faire de l'hypnothérapie, mettez-le au régime crudivore – que sais-je ? –, mais faites quelque chose !

— Écoutez, Robert...

— Sophie, vous ne comprenez pas. Il n'a pas avancé d'un pouce depuis des semaines, il reste figé devant sa toile comme une poule sans tête. Max Hévrard vient voir son travail le 31 décembre. Je lui montre quoi ? Une toile blanche ? Ce serait envisageable si Robert Rauschenberg[1] n'avait pas piqué le concept en 1951 ! Et je pense que Max Hévrard est au courant.

Sophie soupira.

— Robert, je ne sais pas ce que je peux faire, vraiment.

— Vous connaissez Victorien. Si on ne le secoue pas, il va passer à côté de la chance de sa vie.

« De la chance de ta vie », plutôt, rectifia in petto Sophie. Elle regretta aussitôt cette pensée peu charitable. Robert était acide, mais il avait raison et il était certainement le seul, avec elle-même, à déceler le talent de Victorien.

— Je vais faire le maximum. Comptez sur moi. À bientôt, Robert.

— Tenez-moi au courant.

Robert raccrocha sèchement, et Sophie poussa un nouveau soupir, plus profond encore que le premier. Décidément, elle n'était pas près d'être délivrée du cabinet Reach & Other.

***

1. Peintre et plasticien, Robert Rauschenberg est l'un des précurseurs du pop art. Ses combinaisons de toiles blanches, appelées White Paintings, ont marqué une rupture dans la peinture.

Maître Ozieux se tournait et retournait dans son lit. La couche était confortable, les draps sentaient la lavande et la température de la chambre était parfaite, mais rien n'y faisait. Depuis trois jours, le notaire ne parvenait pas à fermer l'œil. Il était déjà minuit et demi, il virait du côté gauche au côté droit. Madame Ozieux avait le sommeil fragile, et les mouvements désordonnés de son mari commençaient à lui porter sur le teint.

— Arrête donc de gigoter ! jeta-t-elle d'une voix acide.

— Je n'arrive pas à dormir.

— Merci, j'avais remarqué. Ça fait trois jours que tu fais l'anguille. Mais moi, j'aimerais bien dormir.

Maître Ozieux se rencogna contre le mur et poussa un soupir qui acheva d'exaspérer sa femme. D'une main, elle tira hargneusement la couette sur elle et, de l'autre, alluma la lampe de chevet, puis, droite comme un i, elle fixa le nez de son mari.

— Clément, tu as des soucis ?

— C'est ce testament…

— Lequel ? Tu en suis des dizaines.

— Celui de Sainte-Sévère.

— Le fabricant de conserves ?

— Oui.

Clément Ozieux hésita. Sa déontologie lui interdisait de discuter des affaires de ses clients avec sa femme, mais la situation lui pesait. Il n'avait même pas touché aux vol-au-vent servis au dîner. Si protéger les droits et la mémoire d'un mort était, dans sa profession, un devoir sacré, il se devait aussi de défendre au mieux les vivants. Et les dernières volontés du vieux monsieur tiraillaient son éthique. Son épouse serait peut-être de bon conseil. Il se jeta à l'eau :

— Voilà ce qui se passe.

Je savais bien que le tabellion finirait par avoir des états d'âme. Pourtant, je m'étais renseigné. J'en avais choisi un tout à la fois imbu de sa fonction et imbibé de son complexe de caste, en espérant que son orgueil serait supérieur à ses principes, mais non, monsieur a de la déontologie. Où va-t-on ?

Tant qu'il ne partage ses affres qu'avec madame, tout va bien, mais j'espère qu'il ne ressentira pas le besoin de confier ses pudeurs de vierge effarouchée aux petits. Je ne me suis pas creusé le cervelet pendant des mois pour qu'il colle tout mon plan par terre. D'autant que les choses avancent, je le sens. Ça commence à bouger. Comme une soupe de tomates. Ça chauffe tout doucement, l'eau frémit, ça bouillotte, la peau commence à crever ; encore un peu de temps et il n'y aura plus qu'à tirer pour que tout vienne d'un coup. Un peu de sel, une pincée de poivre, et la soupe sera à point.

J'ai lancé beaucoup de nouveautés à l'usine, mais jamais de soupes. La conserve suffisait à mon bonheur. Entre les fruits et les légumes, il y avait déjà tellement à faire. Je me souviens du jour où nous avons décidé de passer à l'ouverture facile. Une révolution, comme dans les années 1970, où nous avons pu diminuer l'épaisseur des boîtes. Et les boîtes empilables ! C'est Zola qui m'en a suggéré l'idée. Non seulement c'était plus pratique, mais, là encore, nous avons pu réduire les coûts de fabrication des fonds et limiter les accidents dans les supermarchés. Quand le fabricant, le client et le consommateur y gagnent tous les trois, l'invention est parfaite. La perfection existe dans la conserve.

8

Où l'on découvre la Commission européenne et où elle révèle toute son utilité

22 décembre
Sainte Jutta, recluse au mont Saint-Disibode ou Disibodenberg, quelque part en Allemagne, vers 1136 (et dont nous apprîmes l'existence grâce à ce livre)

Lille exhibait ses habits de Noël. Malgré les guirlandes et la lumière des terrasses, la Grande Place ressemblait à une fourmilière. Les quatre panneaux rouges et blancs du Furet du Nord semblaient aspirer les passants avant de les recracher. Mille silhouettes noires convergeaient en essaims vers l'immeuble, se répandaient dans les étages, colonisaient les rayons dédiés aux jeux vidéo et aux romans de gare, s'agglutinaient aux caisses, puis dégorgeaient devant le domaine du père Noël en polystyrène ou sautaient dans la chenille. Les oreilles bien au chaud sous leurs bonnets, les mains serrées sur les barres des nacelles, les amateurs de sensations fortes hurlaient de fierté en dominant le sapin de dix-huit mètres et la déesse drapée de noir sur sa colonne. Du haut de la grande roue, même les lettres lumineuses de *La Voix du Nord* semblaient atteintes de nanisme. Les chalets en bois rivalisaient d'inventivité pour attirer le badaud : c'était à qui ferait cuire le plus vite ses saucisses ou ses gaufres ; l'odeur de barbe à papa écrasait celle du vin chaud.

Enfermée dans sa chambre à une poignée de rues de là, Mathilde ne voyait rien, n'entendait rien ; les quatre mots entendus chez Méert la berçaient depuis deux jours telle une mélopée : « Ça se conserve difficilement. » Elle avait quitté Louise dans un état euphorique. Le lendemain, elle avait passé la soirée avec des amis, mais aurait été bien incapable de se rappeler la moindre bribe des conversations échangées : son idée tournait en boucle dans son esprit et, plus elle y pensait, plus elle la trouvait géniale. Hormis le mélange audacieux des couleurs, s'il y avait bien un terrain sur lequel elle ne craignait personne, c'était la conserve. Son père faisait des conserves, son grand-père faisait des conserves et son mari administrait des conserves. Elle mangeait conserves, buvait conserves, respirait conserves depuis sa naissance ; les conserves la faisaient vivre et lui permettaient de remplir son dressing. Bref, elle était bilingue conserves. Marier ce savoir-faire génétique à son goût pour les nouveautés était une évidence, un gage de réussite. Ce serait aussi le plus beau des pieds de nez à grand-père.

Le jacque était la manne tombée du ciel. Goûtu, facile à cuisiner et répondant aux canons actuels – c'est-à-dire aux lubies des faiseurs de tendances et donc de marchés –, ce fruit ferait un carton, c'était évident. Elle devait sauter sur l'occasion et se positionner comme importateur. Tant pis pour la gestion des stocks, elle s'en accommoderait, pourvu qu'elle remporte les cent mille euros. Et les dizaines de millions qui en dépendaient.

Elle avait commencé par noter ses clients potentiels, et la liste était longue : pâtissiers de luxe, glaciers industriels, restaurants végétariens, épiceries fines. Puis elle s'était attaquée à celle de ses concurrents, et cette liste-là était fort courte : elle se résumait à IndEx, une compagnie indienne d'exportation de fruits exotiques. C'était la seule entreprise approvisionnant l'Europe en jacques, et ses clients se limitaient à une poignée de supermarchés exotiques. La voie était libre, et Mathilde passa à l'étape suivante.

Assise en tailleur sur son lit, elle compulsait frénétiquement les sites gouvernementaux. Le jacquier n'avait (presque) plus de secrets pour elle après deux jours d'enquête. Elle aurait pu réciter sa fiche *Wikipédia* par cœur et positionner sur une carte de l'Inde les régions productrices de chacune des trois variétés cultivées pour leurs fruits. Elle avait déjà jeté son dévolu sur le jacque sosso, dont les fruits étaient plus gros que ceux du jacque miel, mais un peu moins sucrés, ce qui rassurerait les orthorexiques. Surtout, ils se cuisinaient salés ou sucrés, un excellent argument pour conquérir le cœur des vegans. Il n'était pas très sexy à l'état naturel, mais une jolie mise en scène ferait passer la pilule sur les réseaux sociaux.

Les normes de commercialisation, en revanche, constituaient une forêt vierge, et le règlement d'exécution (UE) n° 543/2011 du 7 juin 2011 de la Commission du 5 décembre 2008 donnait le tournis à Mathilde. Elle n'avait, Dieu merci, pas choisi l'importation des feuilles de bétel en provenance du Bangladesh ou des pois secs du Nigeria, deux aliments frappés d'oukase par la toute-puissante Commission européenne depuis (décision UE

2016/884 et règlement (UE) 2015/943 du 1er juin 2016). Autre bonne nouvelle : les pommes de jacque échappaient aux normes de commercialisation spécifiques visées à l'article 113, paragraphe 1, point b), du règlement (CE) nº 1234/2007 figurent à l'annexe I, partie B, du règlement nº 543/2011. Elle estimait qu'ils n'entraient pas non plus dans la catégorie des agrumes secs ni du safran, qualité offrant une dérogation à l'obligation de conformité avec la norme générale de commercialisation, mais les cent quatre-vingt-dix-sept pages restantes – le règlement d'exécution nº 543/2011 en comptait deux cent treize – restaient fort obscures. Elle devrait malgré tout le prouver à l'Administration en présentant à chaque cargaison un certificat de conformité. Comme si une pistache pouvait être confondue avec une pomme de jacque pesant de dix à trente-six kilos ! Mathilde ricana et décida de passer aux choses sérieuses : trouver un cultivateur de jacques.

Le navigateur lui proposa les coordonnées d'un nommé Claude Jacquier, cultivateur de céréales dans le Berry. Mauvaise pioche. Un autre lien l'invitait à découvrir *les espèces fruitières tropicales de diversification, mais aussi* [l']*informer sur les façons de les produire*. Mathilde n'avait aucune intention de devenir fermière, fût-ce dans les départements d'outre-mer. Restait l'annuaire de grossistes Alibaba. Là, cinq cent soixante-neuf professionnels proposaient des jacques sous toutes leurs formes : séchées, lyophilisées ou surgelées. Elle écarta les versions déshydratées et se concentra sur les fournisseurs de fruits frais. Le nom de l'un d'entre eux revenait à chaque page : Green World Import Export Co Ltd. Basé à Hô Chi Minh, il vendait les précieuses pommes préparées sous vide, livrées en plateaux ou en sac de trois cents grammes à vingt-cinq kilos. Les prix oscillaient de trois à cinq dollars hors taxes pour un kilo en qualité « extrafraîche ». En étant un peu maligne, c'est-à-dire en choisissant elle aussi un nom alléchant fleurant l'authenticité et le bio, Mathilde pouvait espérer atteindre les cinq dollars de bénéfices net par kilo.

Lorsqu'elle tapa *jackfruit farmer*, la récolte fut meilleure qu'en français. Plusieurs producteurs étaient installés à Madagascar, quelques uns, au Vietnam, et beaucoup en Inde. Un certain Prakash Basu lui sembla honnête. Son site était simple mais clair, il montrait trois photos d'entrepôts en bois proprets et des rangées de fruits d'un beau jaune citron. Le propriétaire-gérant posait fièrement sur la page d'accueil, bras croisés et moustache conquérante, sous un ventilateur aux pales de rotin. « Va pour Prakash », pensa-t-elle. Son anglais étant un peu rouillé, elle ouvrit *Google traduction*, y tapa quelques lignes du bout des doigts, puis les copia-colla sans vergogne dans un mail. Elle soupira de satisfaction. Ses affaires commençaient à avancer, elle pouvait passer aux choses sérieuses – et qu'elle remettait depuis deux jours : se refaire les ongles. Elle choisit sur sa commode un beau vernis corail fluo. Alors qu'elle se peignait consciencieusement le bout des doigts, un roucoulement, suivi d'une série de petits claquements de bec, lui fit lever la tête. Les pattes bien écartées, debout dans l'entrebâillement de la porte, le cacatoès la regardait en penchant la tête. Son œil semblait porter toute l'ironie du monde.

— Attends, mon poulet… Tu n'emporteras pas tes millions au paradis, je te le dis, siffla-t-elle en refermant son petit flacon d'un coup de poignet.

***

À quelques centaines de mètres de la rue Royale, Arthur s'était levé à l'aube ou, du moins, ce qui en approchait pour lui : il était coiffé, lavé, habillé et avait englouti une demi-douzaine de cafés brésiliens à neuf heures douze.

L'esprit éclairci par la caféine, bien décidé à conquérir le monde et les millions qui dormaient sur le compte séquestre de maître Ozieux, il s'arma de son smartphone et éplucha la pièce du regard. Par quoi commencer ? Comme toute sa génération, Arthur connaissait Instagram, mais il ne l'avait jamais réellement utilisé. Ce réseau social séduisait plutôt les femmes. Sa sœur, par exemple, en était folle. Elle y partageait chaque nouvelle robe, chaque rouge à lèvres. Au restaurant, avant d'avaler la moindre bouchée, elle frétillait du smartphone devant son assiette.

Sa machine à café peut-être ? L'engin rouge, rond, rutilant, lui paraissait apte à inaugurer son compte, subtilement baptisé @jolimome. Il canarda la machine et tapa une blague de son cru. *Hey, boys, je vous présente celle qui partage mes réveils.* La phrase sonnait bien. La photo, elle, lui parut un peu terne. Elle n'avait rien de commun avec celles qu'il voyait défiler sur son écran. Il effaça, recommença en accentuant la luminosité et le contraste. C'était mieux. Il ajouta #cafe #coffee #expresso, #morning #red #formen et mentionna le nom de la marque. Lorsqu'il appuya sur le bouton PARTAGER en haut de l'écran, il éprouva la satisfaction du plombier devant une chaudière ronronnant. C'était de la belle ouvrage. Il ne lui restait plus qu'à attendre la pluie de petits cœurs que sa publication ne manquerait pas de récolter.

À dix heures quarante-sept, @jolimome était toujours désespérément seul et il avait envie de pleurer. C'était bien la première fois que personne ne répondait à ses sollicitations, fussent-elles virtuelles. Il se tourna vers son canapé. Le tissu blanc ressortait sur le mur vert-de-gris. Pourquoi pas ? Graphique et classe. Hop ! Dans la boîte. Il décidait de se refaire un café pour se consoler quand une tornade rose et parfumée envahit la pièce. Concentré sur son écran, Arthur avait complètement oublié la visite de sa petite amie Laura.

— Tu es déjà debout ?

— Hé oui. Je travaille.

Arthur avait prononcé les premiers mots d'un ton détaché et les derniers avec toute l'emphase dont il était capable. Laura éclata de rire.

— Dingue !

Elle se débarrassa de son sac à main et son manteau en peluche rose sur le canapé, et se jeta sur le frigo.

— Je meurs de faim, se justifia-t-elle en attrapant un yaourt zéro pour cent.

En homme soucieux de sa ligne, Arthur n'aurait jamais acheté un laitage au lait entier.

— C'est le mec idéal, clamait Laura. Il ne mange ni gras ni sucré et me laisse même les clés de son appartement.

Elle se gardait bien de développer les contreparties. Les longues nuits à attendre Arthur égaré en boîte, les après-midi perdus à regarder les matchs de tennis, les sommes flambées dans les bons restaurants ou lors de ses soirées au Cercle, son égoïsme inconscient et congénital, tout cela passait aux pertes et profits.

— Au moins, lui, il comprend l'importance d'avoir un gommage pour les pieds dans la salle de bain, assena-t-elle un jour à sa cousine.

Et puis, c'était l'héritier Sainte-Sévère. La situation méritait un peu de compréhension. Même quand il préférait, comme ce matin, photographier ses tasses alignées sur la table en chêne brut plutôt qu'elle. De toute façon, une fois mariée, elle virerait sa collection de capsules de bières artisanales.

— Alors, comme ça, tu travailles ? reprit-elle en engloutissant une première bouchée de yaourt.

Arthur s'agaça. Pour la première fois depuis onze mois, Laura l'exaspérait.

— Pourquoi ? C'est interdit ?

— Non, surprenant. Ça ne te ressemble pas...

— Eh bien, voilà. Il y a un début à tout.

Il retourna à son écran. Malgré ses trois nouvelles photos – canapé #decoration #trendy, tasses #graphique #designer et la vue de sa fenêtre #tree #green #instagood –, @jolimome déclarait toujours zéro abonné et avait glané un seul cœur, celui de @poulettesexy80, certainement une demoiselle aux charmes tarifés, à en juger par sa photo de profil tout en seins. C'était incompréhensible. Une si belle machine à café ! De la porcelaine bleu et or signée du designer Richard Brendon ! Il envoya un SOS à sa sœur. La réponse s'afficha en quelques secondes :

Suis des gens.

Il n'avait pas la queue d'un nom, mais il espérait bien que Mathilde lui en souffle quelques-uns.

— Comme tu es occupé, je vais me balader. On se retrouve au Black Eye pour la soirée poker ? demanda Laura en léchant le fond de son yaourt.

— Sans moi. Ce soir, je dîne à la maison.

— Mais c'est ici, ta maison.

Arthur prit sa voix la plus distante :

— Tu sais très bien ce que je veux dire.

— Mais tu y es tout le temps fourré ! Je ne t'ai pas vu du mois !

— Mon grand-père vient de mourir. On a des trucs de famille à régler.

— Je vois.

Laura ne voyait rien du tout, mais elle aimait bien faire semblant d'avoir l'air intelligente. Vexée, elle partit sans jeter le pot vide.

9

Des bienfaits de l'informatique

22 décembre
Sainte Jutta, toujours, éternellement recluse au mont Saint-Disibode ou Disibodenberg, quelque part en Allemagne, vers 1136

Mathilde ne voulait pas perdre une minute en attendant la réponse de Prakash Basu. Les débris de ses cours de gestion ne lui permettaient pas d'élaborer un *business plan* digne de ce nom, mais elle avait un atout : son mari. Elle se doutait que Martin lui rirait au nez si elle lui expliquait son plan. Elle décida donc de faire les choses à sa manière. On était samedi, Martin était à la maison et son ordinateur portable avec. Restait à l'éloigner.

— Chériiiiii !

Elle avait hurlé assez fort pour se faire entendre à travers tout l'étage. Martin, qui repassait ses chemises dans la buanderie à dix mètres, leva un sourcil.

— J'ai besoin de toiiiii !

Agacé, il posa le fer et longea le couloir jusqu'à la

chambre. Il trouva sa femme échevelée, assise au bout du lit, les yeux striés de larmes.

— Qu'est-ce qui se passe ?

— J'ai perdu une de mes boucles en perle ! Celles que tu m'as offertes pour nos fiançailles !

— Ce n'est pas très grave…

— Mais si ! Je voulais les mettre le 24. Je t'en supplie, va voir Pomellato et demande-leur les mêmes.

— Mathilde, ce n'est pas sérieux. On est à deux jours de Noël ; ils doivent être dévalisés…

— Je les porte toujours pour Noël. Grand-père les aimait beaucoup. Ce serait encore plus horrible de ne pas les avoir cette année !

Martin se sentait grotesque à l'idée de harceler de malheureuses vendeuses, mais Mathilde était capable de lui servir cette perle matin, midi et soir pendant une semaine. Et il finirait par céder. Autant se débarrasser du problème tout de suite.

— Je vais voir ce que je peux faire. Même si c'est bien la première fois que tu te préoccupes de faire plaisir à Adalbert…

Elle l'embrassa avec frénésie.

— Merci, tu es le meilleur !

— Mais je ne peux pas te promettre que tu auras ta paire pour Noël.

Elle lui avait déjà fourré une petite boîte en veau grainé dans les mains.

— Je suis sûre que si. Tu es un champion, mon chou ! Voilà celle qui me reste. Il suffit que tu la montres à la vendeuse.

En soupirant, Martin enfonça l'écrin dans sa poche et fila vers son manteau.

Mathilde attendit que la porte d'entrée grince, puis encore une minute au cas où. Comme l'atelier du joaillier était à un petit quart d'heure à pied, elle avait au moins une demi-heure devant elle. Elle bondit jusqu'au bureau et attrapa l'attaché-case de Martin. Son mari travaillait sur le plan de financement d'une holding hongkongaise. Une histoire d'importation de brochettes en bambou. Mais un *business plan*, c'est un *business plan*, songeait Mathilde, pragmatique, et celui-là ferait l'affaire. Il lui suffisait de récupérer les formules. Avec un peu de chance, elle aurait même les calculs des frais de douane et des taxes.

Elle ouvrit l'ordinateur et tapa le code d'accès. Le nom de l'entreprise lui sortait de la tête. Elle entra *chinois* dans la barre de recherche. Ils ne devaient pas être si nombreux. Elle fronça le nez en voyant cent quarante-trois documents s'afficher. « Sois maligne, ma poule. Regarde les tableaux Excel. » La liste se raccourcit, mais il restait encore vingt-huit icônes. Se fiant aux intitulés, elle en ouvrit quelques-unes. Mauvaise pioche. Le sixième document lui sembla être le bon. D'un doigt, elle le sélectionna et choisit ENVOYER EN PIÈCE JOINTE. Elle expédiait le message quand son portable sonna.

— Missise Sainte-Sévère ? Prakash Basu. Elo ! Oh are iou ?

— Oh ! bonjour, mister Basu ! Comme c'est gentil de me contacter si vite !

— Ioure ouelcome, missise, oulecome. So, iou ouant very beautiful jacque, izentit ? I have. Oui cane dou buznesse…

— Offe course, mister Basu, offe course…

Tout en gazouillant avec l'Indien, Mathilde éteignit l'ordinateur et le glissa dans la serviette de son mari.

***

La boutique était bondée. Derrière le comptoir en verre noir, la vendeuse regardait Martin d'un air compatissant. Elle avait évalué en cinq secondes la situation de l'homme aux cheveux lisses et au visage fin qui se tenait devant elle.

— Je suis navrée, monsieur, nous ne faisons plus ce modèle.

— Vous ne pouvez pas le commander ?

— Non, monsieur. C'est une ancienne collection, et la maison ne les suit que pendant cinq ans.

S'il revenait avec la perle veuve, Mathilde allait hurler. Il choisit la seule solution susceptible de ménager son week-end :

— Bien. Je vais prendre ces pendants avec des topazes bleues, s'il vous plaît.

— En or rose ou en or blanc, monsieur ?

— Or rose.

De sa main gantée, la jeune femme ouvrit la vitrine et sortit la paire de boucles d'oreilles.

***

À huit mille kilomètres de là, Prakash Basu raccrocha en se frottant les mains. Le miracle qu'il venait de vivre l'émerveillait : la facilité avec laquelle la Française l'avait contacté, son enthousiasme étaient du meilleur augure. Vraiment, Internet était magique ! Cette fille tombait à pic. D'une main tannée, il remonta le son du transistor trônant sur son bureau et se laissa à dodeliner de la tête en mesure sur le dernier tube de Rihanna. Un jour, il serait riche et il pourrait la voir en concert à Los Angeles. Et – qui sait ? – peut-être même s'offrir un *showcase* privé de la chanteuse. La petite Française voulait des noix de jacque de première qualité ? Il allait lui en trouver. Il était le meilleur producteur de la région et, bientôt, le monde entier le saurait.

***

Martin tremblait un peu en montant l'escalier, mais sa femme dormait. En la voyant allongée sur le lit défait, les yeux fermés, les jambes recroquevillées comme un enfant, il se rappela pourquoi il l'avait épousée. Elle était si fragile ! Il posa les deux écrins sur la table de nuit et retourna à ses chemises.

Mathilde ouvrit à demi la paupière gauche, puis la droite et se redressa doucement.

***

— Oh ! c'est impressionnant, susurra l'invitée d'honneur.

D'habitude, Marie-Sophie utilisait « ravissant », mais elle ravala le mot in extremis. L'installation du grand plasticien colombien supporterait mal cet adjectif.

Le directeur se rengorgea.

— Tout à fait, Votre Altesse. Je suis heureux de voir à quel point la profondeur de la réflexion de Juan Liopez vous touche.

La princesse de Belgique hocha la tête comme elle sait si bien le faire et garda l'œil consciencieusement vissé sur le pigeon cloué au mur. Une vague odeur de formol flottait dans l'immense salle blanche.

— Inouï, assura-t-elle.

Lentement, comme à regret, elle pivota avec grâce sur ses escarpins et glissa jusqu'à l'œuvre suivante. Un rat écorché posé dans une flaque d'huile. Elle réprima un haut-le-cœur et, pour la première fois de sa vie, regretta de n'avoir jamais cédé à la mode du Botox.

— Quelle force ! parvint-elle à articuler avant de se tourner vers Max Hévrard.

Le directeur se pâma.

— Oui, n'est-ce pas ?

À bonne distance de l'altesse et à trois mètres derrière le directeur, Victorien leva le bras en toussotant.

— Excusez-moi ! souffla-t-il.

Marie-Sophie lui sourit et tendit son meilleur profil au groupe de journalistes massés derrière elle. Quelques flashs crépitèrent. Elle avança son pied droit. Victorien reprit d'une voix tremblante, mais un peu plus ferme :

— Excusez-moi, c'est moi l'auteur de cette œuvre. Pas Juan Liopez.

La princesse se pencha avec légèreté vers son hôte :

— Qui est ce monsieur ?

— Aucune idée, Votre Altesse.

Victorien ouvrit la bouche pour protester, mais le pigeon se détacha du mur et se mit à tournoyer autour de lui, le griffant de ses ailes ensanglantées.

Dans un sursaut, Victorien ouvrit les yeux. Il s'était endormi devant son triptyque inachevé. La nuit était tombée et son portable vibrait contre sa joue. Il le saisit d'une main : Sophie.

— Oui ?

— Où es-tu ? On t'attend pour dîner.

Dîner ! Alors que son œuvre, sa vie seraient bientôt réduites à l'état de pigeon au formol. Victorien soupira. Dîner... Quelle drôle d'idée ! Il se releva et tâtonna à travers l'atelier jusqu'à l'interrupteur. Les trois tableaux lui sautèrent au visage. Au-dessus de sa tête, la verrière qui couvrait tout l'atelier lui sembla une chape menaçante. Il dégringola l'escalier et s'enfuit presque jusqu'à l'arrêt de bus. Sophie le suppliait depuis dix ans de passer son permis de conduire, mais les véhicules terrestres à moteur froissaient sa fibre verte. Parfois, comme ce soir, la force de ses convictions lui pesait : l'air était humide, et un brouillard poisseux flottait dans la rue. Assis sur le banc glacé, il tremblotait dans sa parka. Il se consola en pensant à la chaleur de la grande maison, son bon feu de cheminée et, sans doute, le plat de petit salé aux lentilles ou la potée qui l'attendait.

Un discret bruit de casseroles l'accueillit. Marie s'activait en cuisine. Il poussa la porte du salon et faillit se frotter les yeux devant un spectacle inédit : Arthur était assis sur le canapé, serré contre sa sœur et l'écoutait religieusement.

— Tu dois taguer les influenceurs qui peuvent relayer.

— Comment je les reconnais ?

— Ce sont ceux qui ont le plus d'abonnés. Suffit de les repérer avec les hashtags les plus populaires. Je te montre.

Tout en assenant ce langage codé, Mathilde tricotait des pouces sur l'écran de son téléphone.

— Tu vois ? C'est très simple. Je t'ai abonné à @geronimo, @beaugosse, @misterpacha... Tu n'as plus qu'à continuer. Et l'application enverra automatiquement sur ton fil[1] les photos des comptes du même genre, susceptibles de t'intéresser.

Victorien sourit. Il avait l'impression d'entendre parler kurde, mais la vision des frère et sœur complices était si rare qu'il la savourait.

— Hello ! lança-t-il en avançant jusqu'au canapé.

Arthur répondit sans lever les yeux.

— Salut, Victorien. Assieds-toi avec nous.

— Sophie n'est pas rentrée ?

— Si. Elle est en train de trier les affaires de grand-père.

Il monta jusqu'au premier étage. Toutes les lampes étaient allumées dans la chambre d'Adalbert, Prince se balançait en rotant, la tête en bas dans sa volière. La porte de la cage était ouverte, mais il semblait bouder.

— Il boude ! lança Sophie comme si elle lisait dans les pensées de son mari.

— Tu es sûr qu'il n'a pas plutôt une indigestion de pistaches ? Claude lui en a peut-être trop donné.

Sophie sourit.

— Claude sait s'en occuper mieux que personne, crois-moi.

— Tu viens prendre un verre avant le dîner ?

— Oui. Je finirai mon rangement demain.

Elle referma les tiroirs de la commode et se tourna vers la perruche.

— Tu veux venir avec nous, Prince ?

L'oiseau stoppa instantanément son balancement et gloussa.

— Je prends ça pour un oui. Allez, viens sur mon épaule.

---

1. Le « fil » est la succession de photos postées par les comptes Instagram auxquels s'abonne l'utilisateur et qui apparaissent lorsqu'il se connecte.

En croisant le trio dans le hall, Claude ouvrit de grands yeux.

— Madame a sorti Prince de sa cage ?

— Le pauvre est enfermé dans la chambre, alors qu'Adalbert le laissait tout le temps se promener dans la maison. Ce n'est pas drôle pour lui. Ça va lui faire du bien de passer quelques heures en société, pas vrai, mon Prince ?

Le cacatoès frotta sa tête contre les cheveux de Sophie.

— Vous voyez ? Il est ravi. Allez, Prince, à l'apéro !

— À l'abordage !!! cria la perruche.

Arthur et Mathilde étaient toujours en grande discussion sur le canapé, et il fallut le plop du bouchon de champagne pour les arracher à leur écran.

— Mais qu'est-ce que vous fabriquiez ? demanda Victorien en remplissant leurs verres.

— Arthur a décidé de devenir millionnaire grâce à Instagram, jeta Mathilde.

Sophie cracha sa gorgée sur son chemisier.

— J'ai pas compris. Tu peux répéter ?

Pendant qu'elle se tamponnait le coin de la bouche avec une serviette de table attrapée en catastrophe, sa belle-sœur expliqua patiemment en détail :

— Arthur veut devenir influenceur. Il est persuadé de pouvoir remporter le défi de grand-père à coups de hashtags. C'est pas du tout cuit, mais bon…

— À taaaaable ! croassa le cacatoès qui s'était perché sur la cheminée pour se réchauffer les pattes. Ignorant le regard noir de Mathilde, il fit un clin d'œil au benjamin.

— Beauuuuu gosse !

Arthur, ravi par l'hommage, leva son verre.

— Merci, Prince, tu n'es pas mal non plus, tu sais. On

va faire une photo, toi et moi, tiens. Allez, mon pioupiou, viens là !

La perruche gloussa. D'un coup d'aile, elle migra sur le dossier du canapé et, l'œil écarquillé, la crête bien droite, gonfla le jabot de toutes ses forces.

— Parfait. On se fait un selfie, Prince. Regarde l'écran… on est bons, là.

Sophie et Mathilde échangèrent un regard navré et levèrent les yeux au ciel. Arthur les ignora.

— Et maintenant, on va te mettre sur Insta, mon beau. Tu le mérites bien. Tu es presque aussi chic que ma machine à café, tu sais ?

Mathilde ricana, mais admit que Prince avait fière allure à l'écran : son plumage rose et gris s'harmonisait à ravir avec le velours bleu de France du canapé.

— Ajoute #cute #bird #perroquet #pink ! lança-t-elle machinalement à son frère.

— T'inquiète. J'ai compris la leçon.

Pour faire bonne mesure, Arthur photographia le feu de cheminée et la bibliothèque. Avec #dandy #englishstyle #oldfashion sous la photo, ce serait parfait à poster. Satisfait de lui-même, il empocha son téléphone et se glissa à la droite de sa belle-sœur.

— Qu'est-ce qu'on mange ?

— Velouté de carottes aux petits croûtons, répondit Claude qui posait deux grandes bouteilles de bière sur la table.

— Miam ! Ce n'est pas Laura qui me mitonnerait ça.

Sa sœur leva un sourcil.

— Comment va-t-elle, au fait ? On ne l'a pas vue depuis l'enterrement de grand-père.

— Bien, mais elle fait la tête parce qu'on ne sort plus tous les soirs.

— Ça lui passera

— Ou elle me passera.

— Tu es d'une classe…

Arthur éclata de rire.

— Elle ne peut s'en prendre qu'à elle. Si elle cuisinait aussi bien que Marie, je l'aurais déjà épousée.

Le dîner traîna et il était déjà tard lorsque Claude regagna sa chambre. Son réveil annonçait minuit. Il enleva sa veste, la suspendit soigneusement au cintre fixé derrière la porte et s'assit devant son bureau. Un cahier et un crayon à papier bien taillé l'attendaient. Les deux mains posées à plat sur le bois, le majordome respira doucement, une fois, deux fois, en fixant le grand sablier posé face à lui.

— Go, go, go ! cria-t-il.

D'une main, il retourna le sablier, de l'autre, il saisit le crayon, ouvrit le cahier et se mit à tracer des lignes à toute vitesse. Au bout du couloir, Marie entendit le cri du vieil homme et sourit dans son lit : l'entraînement avait commencé. Elle alluma sa lampe de chevet et reprit la lecture de son roman où elle l'avait laissée la veille.

Il y a quelques années, des esprits supérieurs ont voulu interdire les feux de cheminée. Trop polluants, selon eux. Bizarrement, ces exterminateurs de flambées sont les premiers à boire du thé. Ils n'ont sans doute jamais calculé l'impact carbone de leur théière, parce que, question pollution, ces feuilles venues du bout du monde se posent là : ils boiraient tous de la chicorée, comme moi, si la planète les préoccupait tant que ça. Ils me font rire. Rien de plus rassurant, agréable, apaisant, qu'un feu de bois.

C'est probablement ce qui m'a le plus manqué en Indochine. On faisait du feu, mais c'était pour manger, un feu bêtement pratique, et, sans un bon livre, croyez-moi, ces feux-là perdaient tout leur charme. Ils étaient juste bons à faire chauffer de l'eau et à éloigner les bêtes. Rien à voir avec une flambée accompagnée d'une petite sonate, qu'on savoure bien au chaud le soir en regardant la pluie tomber. Feraient mieux d'interdire les imbéciles qui nous polluent vraiment l'atmosphère.

C'est drôle, quand même : pendant soixante ans, je n'ai parlé de l'Indochine à personne et j'y repense sans cesse depuis que je suis mort. J'aimerais vous en parler, mes petits. Maintenant, je regrette de ne l'avoir jamais fait. Vous comprendriez peut-être pourquoi la conserve me plaisait tant.

10

Où Adalbert se raconte (en chaussettes)

23 décembre
Saint Armand, mais également Saints Agathopos, Euporus et Sabinien

Victorien aimait les petits matins frais, et les fins de matinée tièdes aussi ; il aimait les heures poisseuses suivant le déjeuner, et celles, guillerettes, juste avant le dîner ; il aimait les débuts de soirée et les nuits claires. Il aimait tous les moments de la journée, chacun lui apportant une vague d'inspiration différente. C'est donc rempli de sa bonne humeur habituelle qu'il se leva. Sophie dormait encore. Exceptionnellement, ils étaient restés dormir rue Royale. La soirée avait traîné, dans une ambiance bon enfant qu'il avait rarement connue. La présence de Prince, peut-être. Le cacatoès avait largement pris part à la discussion, sautillant de la table au buffet. Après le potage de carottes, la purée de céleri et le filet de poisson sauce beurre blanc, tout le monde avait applaudi le riz au lait de la cuisinière. Mathilde avait bondi à l'office chercher la vieille dame et l'avait assise de force à table, proposant un toast en l'honneur de la cuisinière. En riant, Martin avait extrait du buffet une bouteille de vin d'épine.

— On va vous faire boire, Marie, jusqu'à ce que vous nous donniez la recette ou que vous rouliez sous la table.

Marie avait pouffé, les joues toutes rouges, et avait trinqué de bon cœur. Même Claude souriait, debout, dans le couloir. Sophie l'avait invité à les rejoindre. Il avait hésité et puis, sous les cris et les rires, avait accepté lui aussi un petit verre et un chocolat.

Oui, une bonne soirée, comme la famille n'en avait pas vécu depuis longtemps. En y réfléchissant, Victorien se demanda même s'ils avaient déjà partagé une seule fois dans leur vie un dîner aussi détendu. Pas depuis la mort de leurs parents, en tout cas. Pourtant, dès la première cuillère de soupe, Mathilde avait lancé la conversation sur l'usine, demandant à Martin s'il était passé à la conserverie. Il avait éludé :

— Oui, hier soir. Ça va.

— Mais encore ?

— Le directeur gère très bien.

Sa belle-sœur insistant, Martin avait lâché quelques informations complémentaires. Le marché russe, sur lequel Adalbert misait depuis deux ans, répondait bien, les légumes verts cartonnaient en Écosse. Et la nouvelle chaîne de découpe de fruits et légumes frais, destinée à approvisionner les supérettes de centre-ville sur le marché français, serait opérationnelle cette semaine.

— Mais pourquoi ça t'intéresse ? Tu t'en es toujours battu l'œil, des affaires de grand-père, s'était étonné Arthur.

Mathilde avait haussé les épaules et enchaîné sur une comédie vue l'avant-veille avec Louise. Quelques verres de vin plus tard, elle amusait toute la tablée avec une histoire de pop-corn renversés en pluie sur son voisin.

« On devrait vraiment dîner ensemble plus souvent », songea Victorien en buvant son café debout dans le salon. Il aimait les petits matins frais, et les fins de matinées tièdes aussi, il aimait les heures poisseuses suivant le déjeuner, et celles, guillerettes, juste avant le dîner, il aimait les débuts de soirée et les nuits claires, mais il n'aimait pas beaucoup la salle à manger pleine de meubles Empire. Un décor de tombeau. Le salon était plus gai, ses portes-fenêtres laissaient entrer toute la lumière du jardin, et son mobilier de bric et de broc avait du charme. On y trouvait une bergère Louis-Philippe, des rideaux en lin grège, le grand canapé en velours à dos d'âne, deux tables basses plus modernes, des tapis berbères de toutes les tailles et une longue bibliothèque en bois sombre. L'âtre en briques était typique de la région. Le soir, les lampes posées ici et là apportaient une touche de fantaisie.

En regardant les rosiers dénudés du jardin, Victorien regretta de ne pouvoir les ajouter à son triptyque. « Voilà une belle allégorie du temps qui passe », se dit-il. Son café était devenu tiède. Il avala les deux dernières gorgées et soupira. Il n'avait pas du tout envie de retrouver son atelier et ses angoisses. Puisqu'ils avaient décidé de rester quelques jours ici, autant donner un coup de main à Sophie en triant les affaires d'Adalbert. Il posa sa tasse dans la cuisine déserte et fila au premier étage. Toute la maisonnée dormait encore. Les rideaux de la chambre étaient fermés. Victorien les tira et le soleil éclaboussa la tenture des murs.

— Oh, oh, oh ! Bonjour, toi ! cria Prince.

« Quelle drôle de bestiole, tout de même ! » songea

Victorien. L'esprit d'à-propos du cacatoès l'étonnait toujours. Sophie avait commencé à empiler quelques vêtements sur le lit. Il ouvrit le premier tiroir de la commode. Des mouchoirs en tissu à carreaux, grands comme des serviettes de table, formaient des cubes bien rangés. Ça servirait toujours. À côté, des ceintures en cuir épais s'entortillaient sur un portefeuille rouge que Victorien n'avait jamais vu dans les mains de son grand-père. Il enroula les ceintures proprement et attrapa le portefeuille. Il était vide. Le cuir était lisse, presque verni par l'usage, et un coq rouge était gravé dans le coin intérieur. Un souvenir de l'armée, peut-être. Il demanderait à ses frère et sœur l'autorisation de le garder.

Le deuxième tiroir était rempli de chaussettes fines, toutes rouges. Des caleçons à l'ancienne dormaient dans le dernier tiroir. Il les posa sur le lit, à côté des pantalons déjà triés par sa femme, ajouta les ceintures et les chaussettes. Il ne se rappelait pas avoir jamais vu son grand-père porter autre chose que des chaussettes rouges. Une de ses extravagances, comme son parapluie à bec de canard qui faisait rire les enfants ou ses moustaches en guidon de vélo. Impossible de les porter. Ces chaussettes, c'était Adalbert. Il renifla discrètement, mais l'oiseau, qui avait l'ouïe fine, réagit :

— V'là l'empereur ! Tous aux abris !

Parfois, même les cacatoès sont à côté de la plaque.

Il fallait maintenant s'attaquer à l'armoire, et l'idée n'enchantait pas Victorien. Il savait qu'elle était pleine de belles chemises à cols cassés. Il ouvrit la porte : elles étaient toutes là, alignées comme à la revue. C'était dommage de les jeter. Les donner, oui, mais plus personne ne portait de col cassé, sauf ce dandy d'Arthur, et il craindrait sans doute que son aïeul ne vienne le tirer par les pieds la nuit. Victorien effleura le coton blanc du bout des doigts. Il lui sembla entendre la voix d'Adalbert gronder à nouveau : « Tous en rang, les mains devant ! » Comme ses frère et sœur, midi et soir, il devait tendre ses mains avant de passer à table. Gare à ceux qui montraient des ongles gris ; ils dînaient d'une soupe de poireaux à la cuisine.

Les lavallières accrochées à la porte de l'armoire lui rappelaient d'autres souvenirs : ces taches de couleur le fascinaient quand il était petit ; elles n'étaient pas étrangères à sa vocation, peut-être même étaient-elles à l'origine de ses barbouillis. Un point de départ comme un autre, Alexandre Calder avait bien trouvé sa voie en regardant les tableaux de Mondrian. Le cœur un peu serré, Victorien décrocha les chemises une à une, les pliant soigneusement avant de les poser sur la courtepointe. Il ajouta les pantalons de flanelle grise, puis ceux en natté de coton. Les foulards rejoignirent les mouchoirs rescapés.

Il restait les deux tiroirs, sous la penderie, à vider. Le premier était rempli d'écrins de toutes les tailles, en cuir usé ou en carton épais, dont Victorien connaissait le contenu par cœur. C'étaient les bijoux de sa grand-mère. Petit, il adorait venir les admirer en catimini. Il tirait doucement les tiroirs en espérant qu'ils ne grincent pas, s'asseyait devant, ouvrait une à une chaque boîte et contemplait tous ces petits objets brillants et tarabiscotés en se demandant si c'était du « vrai or ».

Dans son coin, Prince commençait à s'impatienter.

— Au feu, les débris !

Victorien ignora les cris de l'oiseau. La tête ailleurs, il regardait une broche Art déco sertie de brillants, se demandant si sa femme aimerait la porter, mais, de son perchoir, la perruche ne lâchait rien. Elle se redressa et gonfla le jabot.

— Au voleur, à l'assassin ! Flibustier, va te couper les ongles ! hurla-t-elle de sa voix grinçante. Sale affaire ! On s'en va, on s'en va, on s'en va !

Quand Prince répétait en boucle une phrase, c'était mauvais signe. Victorien referma l'écrin et sourit à l'oiseau.

— Ça va, Prince, calme-toi.

Mais la perruche semblait possédée et se mit à sautiller frénétiquement sur sa branche de peuplier.

— Sale affaire ! On s'en va, on s'en va !

Victorien ouvrait la bouche pour lui demander où il voulait aller – au parc, faire un tour de manège ou prendre le train –, quand il aperçut un carnet coincé au fond du tiroir. D'une petite secousse, il le dégagea, arrachant un coin. Le carnet était mince, une cinquantaine de feuillets, peut-être, et la couverture en carton était si usée qu'elle ressemblait à du velours. Victorien ne se rappelait pas l'avoir jamais vu, mais, comme ses frères et sœur, il ne s'approchait guère des affaires de son grand-père. Sauf des cravates et des bijoux, qui les fascinaient et qu'ils rêvaient de porter un jour.

— Les enfants ont des âmes de pie, disait Marie.

Il ouvrit le carnet.

Ce petit carnet m'a suivi depuis l'arrivée de Prince. J'y consignais tous ses progrès, et Dieu sait si un cacatoès est un bon apprenti. Ce sont les plus intelligents des oiseaux, plus malins que bien des hommes. Ils n'ont aucun odorat, mais une mémoire phénoménale. Ils retiennent facilement deux cents mots, peuvent élaborer des phrases et sont extrêmement câlins.

Je ne connaissais rien aux oiseaux jusqu'à mon voyage en Afrique du Sud. Zola en était folle, elle possédait une demi-douzaine de perruches apprivoisées qui cohabitaient de bon cœur dans une volière grande comme une maison.

Je sortais d'un rendez-vous chez un fournisseur quand j'ai vu Prince dans la vitrine d'une animalerie : il sifflait si fort qu'on l'entendait de la rue. J'ai tout de suite pensé qu'il amuserait Zola et lui rappellerait sa jeunesse. Il faisait un froid de gueux ce jour-là ; vous auriez dû me voir marchant sur le trottoir verglacé, la cage dans les bras... Un manchot traversant le Sahara. Quand je suis arrivé à la maison, Claude m'a sauté dessus : l'hôpital venait d'appeler, Zola avait été renversée par une voiture. Elle n'a jamais connu Prince, mais je m'en suis occupé en souvenir d'elle et on s'est bien amusés, tous les deux : je lui ai appris à parler, chanter, à ranger des objets, j'ai découvert qu'il pouvait même fabriquer des outils. Quand je lui faisais la lecture, il m'écoutait très sagement en penchant la tête et répétait parfois un mot. Il comprenait tout.

La présence d'un perroquet horrifiait les vieilles rombières : une raison de plus pour le garder ; il était mon rempart contre les coureuses de veufs. Il fallait voir leurs mines dégoûtées quand Claude amenait Prince dans le salon en plein dîner ! C'était à hurler de rire. Je crois que je l'aurais même promené en laisse devant le palais des Beaux-Arts si j'avais eu moins de respect pour lui.

11

OÙ L'ON DÉCOUPE DU BŒUF (ÉLEVÉ EN PLEIN AIR ET SANS OGM)

24 décembre
Sainte Adèle, belle et rebelle, fille de Dagobert II

Une odeur de viande caramélisée emplit la cuisine. Sophie referma le four d'un coup de hanche et posa le rôti sur la table.

— Ils n'y arriveront jamais.

Martin leva les yeux.

— À quoi ?

— À gagner cent mille euros en un an. Ils n'ont pas su en gagner le dixième en dix ans, comment veux-tu qu'ils y parviennent en douze mois ?

D'une main rageuse, elle entreprit la découpe du morceau de bœuf qui trônerait bientôt sur la table du réveillon. Suivant une habitude familiale, Claude et Marie, libres de fêter la Nativité à leur guise, avaient pris leur journée. Nul ne savait où les deux domestiques se réfugiaient. Les talents culinaires de Mathilde et Arthur se limitant à la cuisson de spaghettis, ceux de Victorien à la reproduction des légumes anciens, c'était Sophie qui, comme chaque année, s'était collée aux fourneaux. L'exercice ne lui pesait pas : elle adorait cuisiner. Elle avait prévu une purée de carottes en accompagnement et une forêt-noire, préparée la veille, attendait sagement au réfrigérateur. Son beau-frère décortiquait les crevettes qui serviraient d'amuse-bouche. On les dégusterait avec quelques coupes de champagne, une assiette de feuilles d'endives et un bol de mayonnaise maison.

Chez les Sainte-Sévère, on ne plaisantait pas avec la tradition. Noël était un moment clé. Claude fixait dès le premier dimanche de décembre une couronne de pommes de pin sur la porte d'entrée, des guirlandes de houx décoraient les boiseries du hall et le grand salon. Le soir de la Nativité, la maison ruisselait de lumières, et hommes ou femmes s'activaient gaiement en cuisine. Puis, vers vingt heures, tout le monde enfilait une tenue élégante mais sans tapage et partait en procession, dans la nuit froide, jusqu'à Notre-Dame de la Treille, pour assister à la messe de minuit. La famille se rassemblait ensuite dans le grand salon, autour d'une bonne flambée, d'un rôti cuit à point et d'une bûche maison.

Martin soupira. Cette histoire de millions envolés commençait à le fatiguer : sa femme cessait tout juste d'en parler jour et nuit, et voilà que Sophie ramenait le sujet sur le tapis.

— Sophie, on ne peut pas parler d'autre chose ?

— Non ! cria-t-elle, au bord des larmes.

Elle reprit, un ton plus bas :

— Enfin, Martin, soyons réalistes. Ce sont trois incapables. Arthur se donne tout juste la peine de se lever le matin, Mathilde ne sait absolument rien faire de ses dix doigts, quant à Victorien

Sa voix trembla un peu, et Martin termina la phrase pour elle :

— Victorien vit dans une bulle spatio-temporelle.

Sa belle-sœur lui sut gré de cette délicatesse.

— Voilà. Le hic, c'est qu'ils ont tous les trois des goûts de luxe et ni toi ni moi ne pourrons leur permettre de se rouler dans la soie pendant des années.

Haussant les épaules, Martin ouvrit la poubelle et y jeta la montagne de carapaces disloquées.

— Franchement, Sophie, ils s'y feront. Je ne gagne pas mal ma vie ; Mathilde survivra avec un budget shopping à trois zéros.

— Oui, mais elle espérait plus. Depuis des années, elle s'attendait à devenir millionnaire… alors, se contenter de mille euros d'argent de poche par mois…

Elle acheva le rôti d'un dernier coup de couteau et fit glisser les tranches sur le plat de présentation. Elle hésita avant de reprendre :

— Martin…

— Oui ?

— Je trouve ça… pervers.

Deux étages plus haut, agenouillé devant un placard, Claude ne perdait pas une miette de la discussion. Marie était partie dîner chez sa sœur, mais le majordome n'avait personne chez qui s'inviter. Ses parents étaient morts depuis longtemps, ses huit frères et sœurs, ils ne lui parlaient plus depuis son passage en prison. Les Sainte-Sévère l'auraient certainement accueilli avec gentillesse à leur table, mais Claude préférait sucer un quignon de baguette qu'avouer sa solitude et mendier une invitation. Il avait donc souhaité une bonne soirée à Marie et il était installé dans son petit studio sous les toits, avec un souper qui n'avait rien à envier à celui dégusté au rez-de-chaussée : filet de geline de Touraine, endives braisées, frites croustillantes et tartine russe. Le tout arrosé, comme il se doit, d'une Angelus bien fraîche.

Le dernier étage de la maison était divisé en deux parties ; la première, sur la droite, au-dessus des pièces de réception, servait de grenier, l'autre, sur la gauche, avait été aménagée pour créer deux petits appartements de fonction. Chacun disposait d'une salle d'eau, d'une chambre et d'un salon confortable. Des étagères couraient autour des conduits de cheminée, formant des bibliothèques minimalistes. Claude lisait peu ; il utilisait les rayons pour exposer sa collection de coquillages et des pots à confiture pleins de crayons à papier.

C'est là, assis devant son gâteau au moka, qu'il avait entendu des voix étouffées monter de la cuisine : le conduit faisait office de haut-parleur. Délaissant sa pâtisserie, il avait accolé son oreille au ras de la plinthe.

— Tu ferais mieux d'oublier toute cette histoire.

La voix de Martin se voulait apaisante, mais Sophie resta déterminée :

— Adalbert n'aurait pas dû faire ça. Il connaissait leurs faiblesses et il leur agite une montagne d'or sous le nez. Bref, j'ai une idée.

— Pour quoi faire ?

— Pour récupérer les millions.

Il y eut quelques secondes de silence, puis la voix de Martin monta dans le conduit.

— Vous ne lâcherez jamais ce putain de magot, hein ?

— Toi et moi pourrions nous en passer. Eux, non.

À quatre pattes sur le plancher nu, Claude opina du chef. Madame Sophie voyait juste, encore une fois.

— Bon... et c'est quoi, ton plan ?

— Faire disparaître l'héritier.

Martin la regardait sans doute avec incompréhension, car la voix de Sophie résonna de nouveau, un peu plus forte.

— Le cacatoès. Zou, à la casserole ! Enfin, façon de parler, bien sûr, on ne va pas se mitonner un perroquet aux petits pois. Mais si le premier héritier disparaît… les suivants sur la liste touchent l'argent, non ?

Un tremblement irrépressible secoua le vieux majordome. Ses bras glissèrent en avant et il tomba sur le menton. Sans se soucier de la poussière qui blanchissait sa veste, il se releva et dévala l'escalier jusqu'au premier. La grande chambre verte était plongée dans le noir. Prince semblait dormir. Les cuisses encore yoyotantes, le vieil homme s'approcha de la cage et tendit la main à travers les barreaux.

— Je suis là, Prince. Je suis là…

Il sentit le petit corps de la perruche tressauter et réalisa qu'il avait fait une bêtise en quittant son poste d'observation. Quatre à quatre, il remonta coller l'oreille au bord de la plinthe. C'était encore la voix de Sophie qui résonnait derrière la cloison.

— … et voilà. Imparable.

— Oui, peut-être. Mais tu as déjà attrapé une perruche ? Ces bestioles sont drôlement malignes. Elles savent même ouvrir une porte.

— Suffit de la mettre dans un sac. Elle ne sait pas défaire les nœuds, quand même !

Claude réprima un sanglot. Prince, enfermé dans un sac comme un poisson rouge ? Lui vivant, jamais. Le majordome n'avait rien oublié de son apprentissage auprès de Zola et, un demi-siècle plus tard, il comptait bien appliquer à la lettre les conseils de madame. Il était le chef, il allait le prouver.

À quatre-vingt-quatre ans, grâce à Sophie, je viens de comprendre qu'il n'y a pas d'âge pour se rebeller. Dommage que je sois mort, j'aurais pu tenter une dernière embardée avant la sortie de route définitive.

J'ai toujours cru que la révolte était liée à la jeunesse : je me suis rebiffé à dix-huit ans, âge auquel j'ai envoyé valser famille et avenir du revers de la main, puis je suis rentré dans le rang. Je n'en suis plus jamais sorti. À quoi bon ? J'avais vu le meilleur et le pire, ausculté mes limites. Si j'avais été un génie, alors, oui, j'aurais peut-être renouvelé l'expérience jusqu'à en crever, mais je n'ai pas l'âme d'un Rimbaud ni d'un Rodin, je ne joue même pas du piano et je n'ai jamais su gribouiller autre chose que des soleils aux rayons écarquillés comme des pattes de mouche. Cette expérience a failli me faire crever et j'en ai tiré une seule chose : repousser les limites ne sert à rien, sauf à se connaître.

J'ai été bien plus utile à mes semblables en imaginant des boîtes de conserve empilables qu'en crapahutant dans la jungle. J'y ai gagné d'ailleurs les ménagères, qui se montrent plus reconnaissantes et fidèles que les ministres ; quand mon moral avait un coup de mou, j'allais faire un tour dans les supermarchés au rayon des conserves. Voir ces femmes, sans distinction d'âge ni de catégorie sociale, choisir nos boîtes de maïs cent pour cent sans OGM, nos navets précuits et nos petits pois extrafins me faisait toujours chaud au cœur.

12

Des surprises de l'informatique

25 décembre
Nativité, comme tout le monde le sait

« Et maintenant, la météo, avec Sandrine Gillet-Côteret. Temps sec et dégagé sur la France pour cette journée de Noël. Le fond de l'air sera frais sur toute la partie nord, avec un pic à sept degrés à Paris. Sur la façade atlantique… »

D'une bonne tape sur le réveil, Martin fit taire la speakerine, mais c'est à lui-même qu'il aurait collé des claques. Quelle idée de laisser son alarme à six heures trente un jour de Noël ! Il fallait avoir la cervelle en mie de pain. Il grogna, pas trop fort parce que Mathilde était à côté de lui, étira les jambes, se retourna, hésita. Elle dormait. Lui, non. Autant en profiter pour travailler un peu, tant pis pour le repos sacré dû à la Nativité, ce serait ça de moins à faire au bureau le lendemain et ça lui permettrait même peut-être de rentrer plus tôt. En tout cas, pas trop tard. Et de passer à l'usine, discuter avec les contremaîtres des tests de cadences faits sur les nouvelles machines.

Il se glissa du lit à la douche. La salle de bain était froide. Malgré son charme, cette bicoque était loin d'être aux normes d'un deux-étoiles, pensa-t-il en se séchant à toute vitesse. Il enfila une chemise propre, un pantalon de velours rouge et un pull en mérinos. Allez, c'est Noël, je rajoute un nœud pap'. En nouant la petite bande de coton fleuri, il sourit tout seul devant la glace. Mathilde n'allait pas en croire ses yeux. Pour une fois qu'il jouait les fantaisistes… La discussion avec Sophie lui revint en tête. Son plan était abracadabrant, mais elle était si désespérée qu'elle irait au bout de son idée, avec ou sans lui, et il n'avait pas le cœur de lui refuser son soutien. Cette histoire d'héritage était un prétexte pour vider son sac, avouer ses craintes quant à l'avenir de Victorien. Plus qu'un complice, elle avait besoin d'un confident. C'était un rôle qu'il avait l'habitude de tenir.

Son ordinateur était sur le bureau. Mathilde dormait toujours. Il traversa la chambre à pas de loup et, la sacoche sous le bras, descendit à la cuisine. Marie était absente depuis vingt-quatre heures et c'était déjà le chaos. Il n'y avait plus de lait. La journée commençait décidément sous de vilains auspices. Il se consola en versant une goutte de crème dans son café et s'installa au salon. Il faisait encore nuit, mais les boules en verre doré du grand sapin brillaient à côté de la bibliothèque. Une pile de paquets multicolores, sagement alignés au pied de l'arbre, attendait ses futurs propriétaires.

Martin se cala dans le canapé, le portable sur les genoux et le café à portée de main sur la table basse. Ses interlocuteurs de Singapour et Hong Kong étaient en congé pour trois jours[1], mais cette pause lui laissait un peu plus de temps pour peaufiner les contrats qu'ils attendaient et qu'ils éplucheraient ligne par ligne dès leur retour au bureau.

Deux heures plus tard, la maison semblait toujours être le donjon de la Belle au bois dormant et il avait rédigé trois simulations de litiges. Il vérifia sa boîte mail. Un seul message, envoyé par Dominique, l'un des associés, surnommé l'« homme qui ne dormait jamais », à propos des frais facturés par leur partenaire américain. Autant lui répondre tout de suite. Il rédigea un mail de deux lignes et l'expédia. Merde, la pièce jointe ! Il eut juste le temps d'annuler l'envoi. Comme il faisait défiler les dossiers pour récupérer le brouillon, il cliqua sur le dossier ENVOYÉS. Mathilde. Qu'est-ce que le nom de sa femme venait fiche dans sa boîte ?

De : martin.deboer@meylier-consulting.fr
À : mathilde.sainte-severe@gmail.com
Objet : fichiers business plan douanes

Trois tableaux Excel étaient attachés en bas du mail, dont le corps était vide. Éberlué, il se demanda s'il n'avait pas confondu la bouteille de crème avec celle de Baileys, mais non. Sa femme lui avait bel et bien piqué le *business plan* de son client, un fabricant de brochettes en bambou. Pensait-elle devenir organisatrice de barbecue ? Ou voulait-elle acheter des bâtonnets en gros pour s'en faire un paravent design ?

En entrant dans le salon, Victorien tira son beau-frère de sa sidération.

1. À Singapour comme à Hong Kong, la fête de Noël donne lieu à trois jours fériés.

— Café ?

La tasse de Martin était froide et vide depuis longtemps. Il referma son ordinateur d'un coup sec et se leva.

— Oui, merci. Je filerais bien acheter des croissants pour les filles, mais je ne sais pas si la boulangerie est ouverte.

— Elle l'est !

Avec un sourire de gosse, Victorien brandit un sachet en papier gonflé de viennoiseries.

— Tu es un chef ! Merci, Victorien. Je vais chercher une corbeille et préparer la table du petit-déj.

Tout en disposant assiettes et bols sur la table, Martin réalisa que son beau-frère était presque un étranger pour lui. Ils se saluaient toujours avec la plus grande cordialité, ils s'étaient quelques fois retrouvés, manches de chemise retroussées, à faire la vaisselle après un dîner de famille, ils avaient suivi ensemble les cercueils d'une poignée de vieilles tantes, ils avaient trinqué de concert aux mariages d'une dizaine de cousins, mais ils n'avaient jamais pris un verre seuls tous les deux, sans autre raison que celle de se voir. Il se lança brusquement :

— Je dois aller à l'usine cette semaine. Tu veux m'accompagner ?

Victorien, qui versait le café, faillit s'ébouillanter. Il devint tout pâle.

— Moi ?

— Oui, je vais vérifier le débit des nouvelles machines de découpes. Si ça t'intéresse…

— Mais je n'y connais rien, je ne servirai à rien.

Il semblait au bord des larmes, et Martin eut honte de ne pas lui avoir fait cette proposition plus tôt. Mais plus tôt, c'était du temps d'Adalbert et c'était au vieux chef d'intégrer son petit-fils.

— Tu sais, Victorien, je n'y connaissais rien non plus quand j'ai épousé ta sœur. On apprend. Ce ne sont que des boîtes de conserve. Il suffit de savoir combien on peut mettre de petits pois dans l'une, de haricots dans l'autre et combien de boîtes se vendent chaque minute en France ou en Turquie pour savoir si on est dans les cordes ou pas. Rien de bien compliqué.

Victorien restait muet. Pas découragé, Martin plaça les petites cuillères à côté des bols et poursuivit :

— Je pense que Francis serait content de te voir.

— Ça alors ! Il se souvient de moi ?

— Tu plaisantes ? Chaque fois que je le vois, il me demande : « Et comment va monsieur Victorien ? Toujours aussi artiste ? Et sa gentille femme ? » Et Annie n'attend que toi.

— Écoute pourquoi pas ?

Il n'avait pas franchi le portail de la fabrique depuis des années, dix ans peut-être, car il était persuadé qu'il n'avait rien à y faire, mais Francis ne serait pas éternel, Annie non plus. Les asperges étaient particulièrement délicates à traiter ; Annie, préposée à leur ligne depuis presque cinquante ans, mettait un point d'honneur à régler au degré près la température des étuves. Elle était capable de mesurer l'humidité de l'air rien qu'en le regardant. Si sa visite faisait plaisir au vieux contremaître et à sa femme, alors, il ne se sentirait pas complètement inutile.

Martin sourit.

— Parfait. Je t'enverrai un message dans l'après-midi pour te dire vers quelle heure on se retrouve là-bas.

Mathilde descendit la dernière, comme d'habitude. Malgré la température, elle était toutes jambes dehors, sanglée dans une minijupe en tweed vert canard parfaitement coordonnée à son pull marine et à des collants moutarde, les boucles en or rose bien accrochées aux oreilles. Certaines femmes sont des oiseaux d'été ; Mathilde était un paon d'hiver. Ses yeux clairs, ses cheveux auburn, ses tenues éclatantes flamboyaient dès les premiers frimas.

Elle embrassa ses frères et sa belle-sœur, jacassa le temps d'avaler une tasse de thé sans sucre et courut s'accroupir sous le sapin. Bien qu'elle eût passé l'âge de raison depuis longtemps, elle s'arrogeait toujours le rôle dévolu au plus jeune : la distribution des cadeaux. Tant pis pour Arthur, qui se vengeait en mangeant la plus grosse part de gâteau.

— Chut, on commence !

Sophie reçut de son mari un foulard de soie et, de sa belle-sœur, un nouveau sac à main dont la vue la mit en transe. Elle connaissait, à mille euros près, le prix de ce modèle siglé.

— Mathilde, ce n'est pas raisonnable...

— On s'en fout, dans un an, on sera tous multimillionnaires ! rétorqua la jeune femme en haussant les épaules. Allez, on continue. Celui-ci est pour Arthur, de ma part. Et celui-là, pour Victorien, de la part de Sophie.

Les garçons recueillirent livres d'art, housse d'ordinateur en cuir et billets de concert. Il ne restait plus que trois paquets au pied de l'arbre. Mathilde regarda le plus gros d'un air écœuré.

— C'est pour Prince. Ne comptez pas sur moi pour le lui apporter.

— De la part de qui ? demanda Arthur.

— À ton avis ? Qui est assez taré dans cette maison pour offrir un cadeau à un cacatoès ?

— Tu abuses. Moi, je vais le lui apporter.

Prince dormait. Comme les bébés, il avait besoin de ses douze heures de repos par nuit et s'octroyait en prime une petite sieste l'après-midi. Arthur ouvrit la cage et sifflota un air de tango pour réveiller en douceur l'oiseau. Les plumes encore gonflées de sommeil, la prunelle ébouriffée, la perruche eut besoin de quelques secondes pour reprendre ses esprits.

— Cadeau, Prince !

Le jouet en corde tendu par Arthur lui arracha un gazouillement de joie. Il battit des ailes et, le bec en avant, se rua sur les morceaux de chanvre.

***

Marie rentra presque en même temps que Claude. La nuit était déjà tombée, mais il était à peine l'heure du goûter. En savourant le calme de la grande maison, elle posa son sac de voyage sur le lit et regarda par la lucarne : les guirlandes brillaient dans la rue, éclairant les façades. « Que Lille est jolie, l'hiver ! » songea-t-elle. Ce soir, elle ferait des gaufres fourrées à la vergeoise pour monsieur Arthur, il les adorait. Elle rangeait les petits cadeaux offerts par ses neveux et nièces quand on toqua à sa porte. C'était le majordome.

— Marie, il se passe des choses.

— Comment ça, Claude ?

— Un complot.

Elle faillit éclater de rire, mais la mine du vieil homme l'en empêcha. Son visage était tout fripé, et sa veste, un peu de travers.

— Un complot contre qui ? Moi ?

— Contre Prince. Ils veulent le faire disparaître.

Cette fois, elle n'avait plus envie de rire. Elle ouvrit des yeux comme des soucoupes.

— Les petits ? souffla-t-elle.

Claude opina gravement.

— C'est l'héritier, il les gêne. Il faut les empêcher de nous l'enlever, mais je ne sais pas comment. Je n'ai jamais eu beaucoup d'imagination.

Sa voix devint presque suppliante.

— J'ai besoin de vous, Marie. Monsieur Adalbert m'a confié Prince, je dois le protéger.

La cuisinière hocha la tête. Elle savait que Prince était la béquille du vieil homme depuis la mort du patron. L'oiseau, et ses tournois de mots fléchés.

— Vous tracassez pas, Claude. À nous deux, on va trouver. On a la tête encore solide !

Je n'ai jamais aimé les gâteaux. C'est peut-être ce qui m'a poussé à partir : l'armée n'étant pas très portée sur les mignardises, j'étais tranquille de ce côté-là. Déjà enfant, je refusais les bonbons et, à Noël, je me forçais à manger de la bûche pour faire plaisir à ma mère ; ce genre de rituel me pèse sur l'estomac.

Aujourd'hui, tout le monde se bâfre de sucreries et ça se termine avec un bon diabète des familles. Autrefois, c'était la goutte parce qu'on mangeait trop de viande rouge, mais le principe reste le même : l'excès nuit, il vous colle une vieille saloperie, vous ronge le corps, et vous terminez amputé des doigts de pied. Sans moi.

Un bon bol de lentilles, un bout de petit salé, voilà qui me parle. On en rêvait, en Indochine. Sacrebleu, voilà que j'y reviens... À ma décharge, ici, je n'ai plus grand-chose à faire pour m'occuper l'esprit. On se croirait au service patrimoine de la Banque Faure & Faure : on vous accueille avec un grand sourire, on vous propose une boisson, un bon fauteuil et puis on vous oublie dans un coin la moitié de la matinée. Et je n'ai même pas un livre pour m'occuper.

Pour la première fois, je n'ai plus de prise sur le futur. C'est le plus vexant. Ça et ma coupe de cheveux pas très fraîche.

13

De l'art d'attiser le feu

26 décembre
Saint Archelaus, dont on sait fort peu de choses si ce n'est qu'il mourut en 278, fut évêque de Cascar et combattit le manichéisme

Sophie retrouva le chemin du cabinet sans beaucoup d'entrain. Elle avait une montagne de documents à trier et des réunions à préparer, mais le cœur n'y était pas. Les bureaux étaient mornes, presque abandonnés, vidés de la moitié de leurs salariés ; ceux qui n'avaient pu obtenir leur semaine de vacances se vengeaient en arrivant tard et repartant tôt, après avoir échangé leurs papillotes à la pause café.

Ces deux jours dans la grande maison lui avaient redonné le goût de la famille. Il serait peut-être temps de mettre un bébé en route... Victorien affirmait se sentir incapable de s'occuper d'un enfant, mais qui s'en sentait réellement capable, sinon un inconscient ? songeait Sophie. Venait un moment où il fallait se jeter à l'eau et nager. Le téléphone la tira de ses réflexions.

— Allo, Sophie ! Vous êtes libre à midi ?

La proposition pouvait paraître ambiguë, mais, venant de Robert, elle était sans risque : l'agent n'avait ni le temps ni le goût de s'attaquer à la vertu de la femme de son poulain. Sophie confirma qu'elle était disponible.

— Alors, rendez-vous aux Hauts de Lille à midi et demi.

Il raccrocha avant qu'elle puisse lui demander ce qui lui valait le plaisir d'une telle invitation. Comme le ciel était bleu, la température, plutôt douce pour la saison, et qu'elle n'avait pas déjeuné en ville depuis huit mois, Sophie préféra apprécier benoîtement cette petite fantaisie. À midi précis, elle enfila sa veste, attrapa son sac à main rutilant et sauta dans un tram. Elle descendit à quelques mètres de la gare de Lille Europe et de son grand centre commercial. « J'aurai peut-être le temps de faire les boutiques », se réjouit Sophie. La veille, le cadeau de sa belle-sœur lui avait rappelé que rien, dans sa garde-robe, n'avait moins de trois ans.

Le restaurant était perché dans un complexe de luxe, au-dessus du casino. Il était midi vingt-neuf, la salle était presque vide, mais Robert était déjà là, assis à une petite table blanche devant la baie vitrée et un verre de jurançon sec. Le garçon trottina jusqu'à eux, menus serrés sur le cœur, et les leur tendit avec une courbette à la japonaise. Les noms des plats s'étirant sur deux lignes la noyèrent très vite, et elle commanda la même entrée que l'agent. Sitôt leurs foies gras apportés, il attaqua :

— Ça va mal, Sophie, très mal. Victorien est au bord du gouffre.

Tout enveloppée du bonheur de sa petite escapade, Sophie tempéra :

— Ça ne peut pas être si terrible, Robert, sourit-elle,

la bouche pleine de mi-cuit au poivre de Timut et mariné à la mandarine Napoléon.

— Si, ça l'est. Il est au bord du gouffre, croyez-moi. Et si les choses n'évoluent pas d'ici la fin de la semaine, je mets le feu à l'atelier, ça nous fournira une excuse vis-à-vis de Max.

Sophie ouvrit les yeux si grand qu'elle se mit à voir trouble.

— Robert, vous ne pouvez pas faire ça !

— Je vais me gêner, grinça l'agent en avalant une gorgée de vin blanc.

— Mais ça va le tuer !

— Et si Max Hévrard se déplace pour rien, la carrière de Victorien est morte. Vous préférez ça ?

Le raisonnement se tenait. Tétanisée, Sophie imagina son mari devant ses toiles en flammes : il était capable de se jeter dessus pour les éteindre avec son propre corps. Le foie gras prit un goût d'huile de foie de morue et elle eut envie de vomir.

— Robert, je vous en supplie, laissez-moi m'en occuper.

— J'ai beau tourner et retourner le problème, je ne vois aucune solution. C'est la seule qui nous sauvera la mise, à lui comme à moi.

Sophie fixa son assiette, où dansait une petite brioche dorée et fondante à souhait. Il lui sembla voir des flammes en jaillir, et Victorien, échevelé, hurlant, l'appeler au secours. Les larmes lui montèrent aux yeux, et sa bouche se mit à trembler.

— Sophie, j'aime beaucoup Victorien, mais il va me griller et il n'est pas mon seul artiste. Qu'est-ce que je dis ensuite aux autres ? « Désolé, les gars, plus aucun directeur de musée ne veut me recevoir » ? Parce que c'est ça dont on parle : ma crédibilité en miettes et des carrières foutues en l'air.

— Robert…

À court d'arguments, Sophie se raccrochait à sa fourchette. L'agent remplit son verre de jurançon et reprit comme si de rien n'était :

— Avez-vous vu l'exposition Lucien Hervé aux Beaux-Arts ? Elle est intéressante.

Elle secoua la tête et reposa ses couverts. La dernière fois qu'elle avait mis un orteil dans un musée, c'était en 2014. La Piscine exposait une rétrospective de Camille Claudel. En admirant les sculptures de la jeune artiste, Sophie s'était promis deux choses : elle empêcherait son mari de devenir zinzin et elle l'aiderait à connaître la célébrité de son vivant. Les deux semblaient mal emmanchés.

Une silhouette apparut à sa droite.

— Le perdreau aux deux cuissons et son chou rouge à la flamande, madame. Le pavé de turbot rôti et ses ravioles de panais à la truffe, monsieur.

La vue du perdreau ramena Sophie à Prince. La disparition du volatile était son seul espoir. Avec soixante-dix millions en poche, une fois les impôts payés, Victorien pourrait peindre sans s'inquiéter d'être exposé ; il pourrait même louer le MoMA ou le Centre Pompidou : il suffisait de faire un chèque à sept chiffres à l'un ou l'autre de ces temples du bon goût pour se voir offrir une rétrospective. L'idée lui redonna l'appétit. Le dos de perdreau glacé à la bière la guettait dans l'assiette. D'un coup de couteau, elle fendit la peau craquante et piqua sa fourchette dans la viande juteuse.

— D'ici une semaine, Robert, nous baptiserons ce triptyque au champagne. Croyez-moi.

— Si vous le dites… J'en serai le premier ravi, Sophie. Dieu a fait le monde en six jours, il peut nous offrir un miracle en cinq.

Avec un sourire, Robert remplit le verre de son invitée. Son air assuré avait détendu la hargne de l'agent. Le déjeuner s'acheva fort plaisamment, autour d'un mille-feuille aux framboises et du dernier procès intenté à Jeff Koons.

— Plagier une pub de marque de prêt-à-porter, quand même… Mon Dieu, cet homme nous aura tout fait ! gloussa l'agent.

— Il se prend pour le roi du pop art. Un cas de warholite aigu.

— Et sa gloutonnerie le tuera ! On dirait qu'il aspire les dollars. Je me suis laissé dire qu'il en était réduit à faire des pyramides de Ponzi... À défaut de s'attribuer celle de Khéops…

Robert régla l'addition, avec une subtilité témoignant d'une longue pratique, et ils se quittèrent presque tendrement.

— Je pars à Madrid ce soir, signer un jeune sculpteur en qui je crois beaucoup, expliqua-t-il en s'engouffrant dans l'ascenseur. Joao a un parcours fabuleux ! Il a été acteur, cuisinier, gymnaste et, depuis six mois, il réalise des collages en pâte à sucre, qu'il présente entre deux plaques de plexi, plongés dans un bain d'eau. L'effet est saisissant ! Vraiment, j'adore. Mais je serai revenu en fin de semaine. Disons-nous à samedi, quatorze heures, à l'atelier de Victorien ? Max Hévrard vient lundi ; ça laisse une petite marge à notre star.

— C'est parfait ! À samedi, Robert, confirma-t-elle, souriant de toutes ses dents.

Ils arrivaient dans le hall de l'immeuble. Il partit sans

se retourner, agita négligemment la main par-dessus son épaule et plongea dans un taxi. En le suivant des yeux, Sophie se dit que ce pignouf menait quand même la belle vie. Elle soupira, secoua la tête, cala l'anse de son sac au creux de son épaule et fila jusqu'à l'arrêt du tram. Le ciel était toujours bleu, à peine ourlé de nuages. « Et puis zut ! », pensa-t-elle. Tournant le dos à la cabane de verre et de plastique, elle s'élança vers le centre commercial.

La lumière des néons la saisit dès la porte à tambour. Les allées baignaient dans une odeur de pâte à crêpe industrielle. Sophie ne se laissa pas rebuter et elle slaloma entre les poussettes et les caddies pour se coller aux vitrines. Devant les trois premières boutiques, elle hésita, tiraillée entre ce modèle à manches pagode et cet autre à revers de velours. Puis, son appétit s'émoussa, les vieux réflexes reprenaient le dessus. Qui pouvait bien mettre cent dix-neuf euros quatre-vingt-dix dans un pull en mohair et polyester ? Et cette robe à l'imprimé bananes conviendrait sans doute à Mathilde, mais sur elle… « J'aurais l'air d'une guenon », songea-t-elle misérablement. Serrant son sac et son désappointement, elle repartit vers l'arrêt de tram. Il était quatorze heures quarante-cinq lorsqu'elle arriva au cabinet Reach & Other. Pour la première fois de sa vie, Sophie était en retard. Elle se glissa devant son ordinateur et, les narines encore pleines d'odeurs de vanilline et d'huile de palme chauffée, rattrapa le fil de ses mails.

À seize heures cinquante-six, elle avait bien avancé. Elle s'autorisa une pause. D'un œil, elle vérifia que Murielle, sa voisine de bureau, ne triait pas des papiers dans son dos ; mais non, elle partait à la photocopieuse, la présentation du rapport GoldWick sous le bras, un pavé de cent vingt pages, à dupliquer et relier en autant d'exemplaires que le conseil d'administration comptait de représentants (trente-cinq). La voie était libre.

Elle ouvrit son sac et en tira le magazine *Lire*. Tous ces romans qu'elle n'avait pas le temps de savourer… Elle se consolait chaque mois en avalant ces dizaines de critiques et de résumés, qui lui donnaient l'illusion de gober toutes les publications d'un coup. C'était son aspartame littéraire. Avec un petit soupir de bonheur, elle se plongea dans l'édito.

14

Du pouvoir d'une perruche

26 décembre, toujours (pour la bio du jour, cf. chapitre précédent ; l'auteur a d'autres choses à faire que des copier-coller)

Arthur n'avait pas envie de retrouver son appartement. La maison de la rue Royale lui semblait bien plus photogénique que les murs de son loft, fussent-ils ornés des toiles de son frère. Sous le regard courroucé de Claude, il avait donc annoncé à Marie qu'il resterait quelques jours, un ou deux, peut-être trois, bref, on verrait bien. La cuisinière prit la nouvelle avec stoïcisme, se contentant de rallonger sa liste de courses.

— Vous allez voir, Marie, souffla le majordome, il va s'incruster comme sa sœur. Dans dix jours, il nous ramène ses pouffes et ses chemises, et, dans un mois, on est bons pour un concours de collection de chaussures à bouts pointus.

Le cadet Sainte-Sévère ne se donna même pas la peine de sauter sur son scooter pour faire provision de caleçons propres. Il se contenta de passer dans la chambre d'Adalbert piocher quelques chemises sur la pile abandonnée par Sophie et Victorien. Les problèmes d'intendance étaient réglés. Il se fit un clin d'œil approbateur devant le grand miroir, fila dans la chambre de sa sœur et s'avachit devant la télé. C'était le seul endroit où il y en avait une. Adalbert méprisait les écrans, et cette détestation englobait toutes les tailles et tous les types. Le vingt et unième siècle était largement entamé, et il était mort sans avoir jamais possédé de téléphone portable.

— Un bon journal et la radio, voilà qui suffit pour les informations sérieuses. Pour le reste, il y a les bibliothèques et les musées, affirmait-il en dépliant les pages saumon de son quotidien.

Quant aux ordinateurs, il les laissait à ses comptables et ses secrétaires.

Il s'était contenté de hausser un sourcil goguenard le jour où Mathilde avait installé d'autorité une télévision dans sa chambre.

— Si ça t'amuse...

La petite avait serré les lèvres, vexée, et, pour montrer à Adalbert combien il se privait d'une avancée technologique et culturelle exceptionnelle, s'était infusée dix jours ininterrompus de soupe télévisuelle. Le onzième jour, elle était écœurée à vie du téléachat et des rires synthétiques. Elle garda la télévision, mais en fit un usage plus homéopathique.

Arthur regarda un policier, puis trois épisodes d'une série américaine. Cette saine activité le mena jusqu'à midi quarante, l'heure de déjeuner. Mathilde écumait les boutiques de décoration avec Louise ; Martin et Sophie déjeunaient au travail ; Victorien était à l'atelier, où il se sustenterait probablement d'un vieux croûton de pain. Il était seul. Il se faufila dans la cuisine. Marie était déjà en train de couper les légumes pour son velouté du soir. Du menton, elle désigna une assiette posée sur la table.

— Je vous ai préparé un petit quelque chose, Arthur.

— Merci, Marie !

Il engloutit sa tranche de rôti de porc et ses frites maison, félicita Marie, puis se demanda ce qu'il pourrait faire de son après-midi. Il avait eu son compte de sang et d'accent new-yorkais pour la journée. Appeler Laura ? Non, elle était trop casse-pieds depuis quelque temps. Alimenter son compte Instagram. Voilà. C'était d'ailleurs pour ça qu'il était là. Très fier de lui, il sortit son smartphone. Une rangée de petites icônes carrées bordait l'écran. Il cliqua dessus et l'application s'ouvrit. @jolimome avait trois cent dix-huit abonnés. Bouche bée, il éplucha son compte. Si la cafetière n'avait séduit que dix-neuf personnes, et la vue de son balcon, cinquante-trois, la photo de Prince affichait quatre cent cinquante-sept cœurs rouges, et une vingtaine de commentateurs énamourés s'extasiaient sur son plumage. Le cacatoès faisait un carton. Arthur en était sonné. Il suffisait donc d'une bestiole rose pour séduire les foules. Il bondit du lit et se rua dans la chambre d'Adalbert. Debout dans sa cage, l'oiseau s'amusait à empiler des cubes de couleur devant lui en les pinçant avec le bec. Les rouges avec les rouges, les verts avec les verts et les jaunes avec les jaunes. Arthur s'approcha.

— Prince, j'ai besoin de toi.

L'oiseau interrompit son ballet de cubes, releva la tête et gonfla sa huppe rose.

— Oui, tu es content de me voir ! Moi aussi, Prince. Tu es très beau et tu as séduit beaucoup de gens. On va continuer à faire quelques photos tous les deux et on va faire un carton. Parce que les gens t'adorent, tu sais.

Il ouvrit la porte. Ravi, le cacatoès secoua la queue et sauta sur l'épaule du jeune homme.

— D'abord, je vais me faire chic. Faut qu'on mette toutes les chances de notre côté. Viens, mon gros.

L'oiseau perché contre son cou, il se tourna vers le lit. Adalbert avait bon goût. On pouvait lui reprocher beaucoup de choses, mais pas de se négliger. D'une main, Arthur farfouilla dans la pile de foulards à la recherche de celui qui mettrait le mieux en valeur le cacatoès. Vert foncé, ce serait parfait, mais c'était aussi la couleur des murs de la chambre. Un vert amande, tiens, ou un lie-de-vin, pourquoi pas ? Il le noua autour de son cou avec une habileté qui aurait réjoui son grand-père et se planta devant le grand miroir accroché au-dessus de la cheminée. Lequel lui renvoya une image dont il était assez fier. Le foulard formait avec les plumes roses de Prince un très joli camaïeu. Trois ou quatre photos plus tard, c'était dans la boîte. Arthur recommença l'opération, cette fois avec un foulard gris argenté, puis avec un autre d'un bleu pâle. C'était moins bien.

— Va pour le bordeaux, Prince.

Il posta, frétillant à l'idée de la pluie de cœurs qui envahirait bientôt son écran, puis sourit au cacatoès.

— Tu as été un bon oiseau. Tu as bien mérité une carotte.

***

Coincée entre un alignement de vases en porcelaine et un lampadaire rococo, Mathilde trépignait pendant que Louise, à la recherche du coup de cœur, retournait une pile de coussins.

— Bon, on y va ?

— Mais attends, je n'ai même pas eu le temps de regarder toutes les couleurs !

— Il y en a trente-quatre, c'est marqué sur l'étiquette. *Existe en trente-quatre couleurs.* De toute façon, tu n'aimes que le blanc. Alors, pas la peine de te lancer dans une expédition archéologique.

Prenant deux coussins immaculés, elle les fourra dans les bras de Louise et la propulsa vers la caisse. Éberluée, Louise chuchota :

— Mais qu'est-ce qui te prend ?

— J'ai envie de rentrer, répondit Mathilde d'une voix boudeuse.

En réalité, elle espérait des nouvelles de Prakash Basu depuis trois jours et commençait à trouver l'attente insupportable. Au point de lui gâcher une bonne séance de shopping. Si on avait dit un jour à Mathilde de Sainte-Sévère qu'elle préférerait parler conserves que décoration intérieure, elle aurait probablement cru à une blague. Mais c'était une autre époque. Aujourd'hui, elle avait un objectif, elle était une femme d'affaires. D'ailleurs, elle venait de s'acheter un superbe agenda. Et une femme d'affaires a d'autres chats à fouetter que semer des coussins sur des canapés.

— On a au moins le temps de boire un café ? s'enquit Louise d'une toute petite voix.

— Rapide, alors.

Louise reprit du poil de la bête :

— Je voudrais aller au Stupéfiant. Ça vient d'ouvrir et c'est à deux minutes. S'il te plaît !

Ses paquets ventripotents l'empêchaient de joindre les mains, mais sa voix suppliante suffit à faire céder Mathilde.

— On y va, grommela-t-elle.

Ce ne serait peut-être pas du temps perdu : le Stupéfiant faisait bramer d'exaltation les journalistes locaux. Un magazine gastronomique parisien et une revue de décoration lui avaient consacré deux pages de reportage. Elle pourrait sans doute pêcher un nouveau client.

Dès le premier regard, elle dut avouer que l'endroit méritait bien son nom. Le restaurant avait été aménagé dans un appartement de style néogothique. Un feu pétillait dans la grande cheminée, dont on avait conservé le manteau de bois et les plaques intérieures ornées de fleurs de lys. Les murs, peints en noir, formaient un écrin aux tables basses et aux fauteuils ultramodernes. Une envolée de bulles de verre coulait du plafond à moulures. Louise poussa un soupir d'extase.

— J'adore !

— Oui, je devrais faire la même chose à la maison.

Marie n'apprécierait peut-être pas les boules en verre qui donneraient du fil à retordre à son plumeau, Claude prendrait un air pincé devant des murs charbon, mais le résultat valait bien une brouille avec le personnel. Elle scannait mentalement les meubles d'Adalbert à jeter et ceux à garder lorsque son sac se mit à vibrer. C'était Prakash Basu.

Dear miss de Sainte-Sévère,
J'ai trouvé des fruits magnifiques, vous allez adorer. Les échantillons sont partis ce matin, je les ai mis moi-même dans l'avion. Le colis vous sera livré par coursier demain matin. Surtout, j'attends avec impatience votre avis. Les meilleurs jacques de la région, vous ne serez pas déçue.
Bien à vous,
Votre dévoué Prakash

Mathilde soupira de soulagement. Le grossiste indien avait tenu parole. Elle choisit le fauteuil à droite de la cheminée et posa son sac à ses pieds.

— Je crois que je vais prendre un cocktail. Il y a une éternité que je n'ai pas bu d'Alice in Wonderland.

— Ce n'est pas un peu tôt pour de la tequila ?

Mathilde haussa un sourcil.

— À Moscou, les gens sont déjà torchés à la vodka à cette heure-ci.

Avant que Louise puisse répliquer, elle avait commandé, ajoutant d'autorité un Cosmo pour son amie. Elle observa le barman les préparer à grands coups de shaker et les décorer de fleurs comestibles. Il était seul au bar, qu'il quitta pour apporter leurs verres aux deux jeunes femmes.

— Vous n'avez pas quelques cubes de jacque ? demanda Mathilde d'un ton désinvolte.

— Désolé, madame. Mais je peux vous offrir des mangoustans.

Elle se replaça dans son siège.

— Je suis allergique, coupa-t-elle.

— Des litchis, peut-être ?

— Non, merci.

Louise attendit que le serveur retourne à son bar et souffla :

— Tu es devenue accro à ce truc jaune ?

Les yeux vissés à son cocktail, Mathilde sourit.

— Je le trouve bon, c'est tout. On n'a plus le droit d'aimer les fruits ?

Mais Louise était déjà passée à autre chose.

— Je suis inquiète, Camille ne marche toujours pas.

— Ta fille a six mois…

— Onze. Mais tout de même. Je lui ai acheté une robe

ravissante pour le mariage de ma cousine. Je voudrais qu'elle me fasse honneur. Je ne veux pas d'un bébé qui se traîne à quatre pattes. Et toi ? À quand le premier ?

Mathilde eut le sentiment de recevoir un seau d'eau glacée en pleine tête. Elle regarda Louise, ses cheveux blonds desséchés par les étés sur l'île de Ré, sa petite bouche poisseuse de rouge à lèvres, ses genoux potelés : elles ne partageaient rien, même plus leurs fonds de teint. Elle posa brusquement son verre sur la table et attrapa son sac.

— Je dois y aller. J'ai yoga.

Louise écarquilla les yeux.

— Mais tu n'es inscrite nulle part !

— Si.

— Tu détestes ça. Tu dis tout le temps que c'est pour les connes qui ont la flemme de se maquiller !

— Il n'y a que les imbéciles qui ne changent pas d'avis, dit Mathilde sèchement.

Elle sortit un billet de cinquante euros, le tendit au barman et s'enfuit avant qu'il ne lui rende la monnaie ou que Louise n'ait l'idée de lui courir après.

Dans la rue, l'air froid lui griffa les joues, mais elle le sentit à peine. Comment avait-elle pu être amie avec cette fille ? Qui rêvait de faire des enfants pour les montrer aux mariages des autres comme des singes savants ? Elle-même était-elle aussi superficielle ? Comment avait-elle pu en arriver à passer des journées, des années, à comparer deux sortes de pulls en cachemire ou à hésiter entre un balayage et un blond californien ? Elle éclata en sanglots.

15

OÙ L'UN DE NOS HÉROS REÇOIT ENFIN UNE BONNE NOUVELLE

27 décembre
Sainte Fabiola, très méritante puisque fondatrice du premier hôpital d'Occident, mais malheureusement éclipsée par saint Étienne

Huit heures sonnaient à peine quand la porte de la grande maison se referma doucement derrière Martin. Mathilde bondit du lit. Elle expédia la douche et l'habillage à une vitesse supersonique et se jeta sur son ordinateur. Elle était rentrée la veille les yeux bouffis, le nez rouge, mais gonflée de bonnes résolutions. Il était temps de revenir à l'essentiel, c'est-à-dire montrer de quoi elle était capable. Elle passa deux heures à préparer le plan de son site vitrine, puis elle appela une salle de yoga. Si Louise trouvait cette activité stupide, ça valait le coup de s'y mettre. Une session débutait à onze heures, et une autre à quinze heures. C'était parfait, elle enchaînerait les deux, intercalées d'une salade grignotée en ville. Mathilde de Sainte-Sévère était bien décidée à rattraper son retard et à devenir zen en un temps record.

Sa première impulsion en arrivant à la salle de yoga fut de prendre son sac en croco et de s'enfuir aussi loin que ses escarpins le permettraient, quitte à abandonner sur place le tapis qu'elle venait d'acheter. Ça sentait la poussière, le thym et la transpiration, les sept filles déjà installées avaient le cheveu plat, et le seul homme présent ressemblait à un bonhomme en papier mâché. Le professeur l'accueillit avec un sourire rayonnant. Serrant les dents, elle tira son tapis au fond de la salle, d'où elle bénéficia d'une vue imprenable sur les talons fendillés des élèves.

À midi trente, le gong sonna sa délivrance. Elle se replia en toute hâte, bazarda son tapis dans la première poubelle venue et se demanda comment ouvrir ses chakras d'une façon plus agréable. L'affiche de *La Communauté de l'anneau*, placardée sur le cinéma en face, accrocha son regard. Le film durait presque quatre heures, mais, au moins, elle serait seule, dans le noir, et pourrait réfléchir à ses nouveaux choix de vie, loin des pépiements de Louise ou des regards outrés de Claude. Et sans odeurs de pieds.

Elle n'avait pas lu *Le Seigneur des anneaux*. Elle perdit rapidement le fil de cette histoire de bague maléfique, de gnomes à oreilles pointues et de mages à longue barbe, hermétique qu'elle était à leurs errances, mais la musique l'apaisa plus que la séance de yoga.

***

— Vous êtes prêt, Claude ?

Le majordome hocha la tête.

— Autant qu'on peut l'être, Marie, autant qu'on peut l'être. J'ai fait deux minutes treize hier soir.

— Personne ne vous arrivera à la cheville !

La confiance de la cuisinière réconforta le vieil homme. Depuis un an, il se préparait pour le grand jour de sa vie : sa participation au tournoi des Rois, le concours national de mots mêlés qui avait lieu chaque année le jour de l'Épiphanie. Il avait passé les sélections locales, puis régionales, et la dernière marche lui tendait enfin les bras. Les quarts de finale, la demi-finale et – qui sait ? – le round ultime, un face-à-face avec le champion en titre et la possibilité de pulvériser son record – une grille réalisée en deux minutes douze. Chaque soir, installé devant son sablier et un cahier de jeux vierge, il se mettait au défi de terminer sa grille deux secondes plus tôt que la veille. Toutes les astuces étaient bonnes : il avait appris à lever au minimum la pointe de son crayon et à tourner la page d'une main en scannant déjà la grille d'un œil, quitte à loucher. Mais le tournoi se rapprochait, et Claude frémissait à l'idée d'être stoppé en plein vol, c'est-à-dire en quart de finale. Pour s'aérer les neurones, il secondait Marie dans son nettoyage hebdomadaire de l'office.

Un coup de sonnette les interrompit. La cuisinière, qui rangeait le stock de légumes, avait des poireaux plein les bras. Le majordome décrocha l'interphone.

— Une livraison pour Mathilde de Sainte-Sévère, annonça une voix grésillante.

Il débloqua la grille et se posta sur le perron. Caché par une malle de la taille de son torse, un jeune homme casqué remontait à pas lents l'allée. En voilà un qui ne passerait pas les épreuves départementales du tournoi, songea Claude devant tant d'indolence. Il remercia sèchement le livreur et sauta la case pourboire.

— C'est pour vous, Claude ? demanda Marie en le voyant poser le paquet dans un coin de la cuisine.

— Non, le colis est au nom de mademoiselle.

La cuisinière était dévorée de curiosité.

— Il me semble que c'est un coffre isotherme. Comme mademoiselle Mathilde ne rentrera pas avant ce soir, il vaut peut-être mieux le ranger au frais

Les proportions respectables du paquet l'empêchaient visiblement d'entrer dans le réfrigérateur. Claude hésita.

— Faut l'ouvrir, dit la cuisinière.

Sa voix assurée convainquit le majordome. Il fit claquer les loquets et extirpa un paquet enveloppé de papier kraft, encore trop imposant pour être rangé dans un placard ou dans le frigo. D'un coup de tranchelard, il fendit le scotch. Marie ouvrit de grands yeux.

— Qu'est-ce que c'est ?

— On dirait un litchi géant et pas mûr.

La cuisinière retrouvait déjà ses esprits.

— Ce qui est sûr, c'est que ça ne rentrera jamais dans le bac à légumes du frigo.

Les mains sur les hanches, elle examina la grosse boule jaune d'un œil circonspect et secoua la tête.

— D'abord le complot de monsieur Martin et de madame Sophie, et, maintenant, cette drôle de chose Tout est bizarre depuis la mort de monsieur.

***

Le portail de l'usine apparut au bout de la route. Victorien n'osait même plus respirer tandis que la radio chantonnait : *She said lion's are made for cages... You dare not let'em walk around... 'Cause they might just bite...* Victorien se sentait l'âme d'une souris plutôt que celle d'un lion. *Does she know what she does when she dances around my cage*[1] *?* s'inquiétait Gregory Porter de sa voix de crooner. Lui se demandait quelle idée il avait eu d'accepter la proposition de Martin. Il serait minable, comme toujours. Le bruit, la chaleur, les hangars grouillants de machines, les hommes affairés sur leurs écrans de contrôle… *Be good* Il n'était pas *good* du tout.

Un claquement sec le tira de sa mélancolie. Ils étaient arrivés, Martin descendait de voiture. À regret, il s'arracha à son siège. Il jeta un regard à son beau-frère qui serrait les mains, détendu, sûr de lui. Comment faisait-il pour être ainsi *the right man in the right place* ? Il ne semblait jamais maladroit, fatigué ni énervé, son costume était toujours parfaitement ajusté, sa chemise, repassée, sa cravate, discrète mais plaisante. Victorien avait le sentiment perpétuel de sortir d'une machine à laver. Il ne savait jamais comment s'habiller, où poser ses mains, quand saluer les gens. Il traînait ses bras, ses pieds, ses phrases, gourd, piteux. « *L'Albatros* de Baudelaire, le côté roi de l'azur en moins », songea-t-il, au bord des larmes. À son tour, il serra quelques mains, à l'aveugle. Il faillit ne pas reconnaître Francis et fut sauvé in extremis par la polaire brodée du contremaître.

D'une tape sur l'épaule, Martin le poussa légèrement en avant.

— Allons voir Annie.

Bâtie à l'origine en I, l'usine formait aujourd'hui un U. Les tonnes de légumes frais arrivaient par l'arrière. Ils étaient livrés par une horde de camions à plateaux qui les jetaient dans des silos, d'où ils étaient répartis dans

1. Elle a dit : Les lions sont faits pour les cages… Vous n'osez pas les laisser se promener…
Parce qu'ils pourraient bien vous mordre… Sait-elle ce qu'elle fait quand elle danse autour de ma cage ?

chaque salle. Comme ils traversaient le parking, Francis se tourna vers lui, le visage tout plissé de malice.

— Venez voir notre nouveau bébé, monsieur Victorien !

Les maquereaux. Un an plus tôt, Adalbert avait lancé, dans le plus grand secret, une ligne de confiture de maquereaux. Il avait eu du nez : les Japonais en raffolaient et, trois semaines après les premières livraisons, les épiceries fines nippones étaient en rupture de stock. La nouvelle chaîne avait été installée un peu à l'écart : l'odeur écrasait celle, déjà opulente, des choux-fleurs et des oignons cuisinés. Le contremaître ouvrit la porte, et Victorien entra en retenant sa respiration.

Le hangar étincelait. Des dizaines de caisses débordantes de petites flèches argentées se pressaient à la queue leu leu sur un tapis roulant. Elles ralentissaient devant une sorte de mur grillagé. Là, des ouvrières plongeaient les mains dans la nappe de poisons, attrapaient les bestioles une à une et clic, clac, leur coupaient la tête et la queue avant de les piquer sur la grille, puis les maquereaux étaient plongés dans un bain de sucre brûlant, assaisonnés de vinaigre et d'épices selon une recette secrète, avant de finir leur course dans de petits pots de verre.

Ces pots étaient l'une des fiertés de la Conserverie Sainte-Sévère. Sur un coup de tête, Adalbert avait demandé à Mathilde de participer à leur conception et elle avait immédiatement proposé un contenant carré en verre bleu nuit.

— Le verre coloré facilite la conservation, ils se rangeront facilement en rayon et en palette, et ça nous distinguera de la concurrence, avait-elle argumenté.

Les techniciens l'avaient regardée comme si elle

dansait le cha-cha-cha sur la table de réunion, mais Adalbert avait apprécié l'idée.

— Va pour le verre bleu !

— Mais les coûts ? avait avancé le directeur financier.

Le patriarche avait tranché :

— On s'y retrouvera si on gagne sur les ventes.

Mathilde ne l'avoua jamais à son grand-père, mais l'idée lui était venue la veille en utilisant sa nouvelle crème de jour. Laquelle était vendue dans un pot de verre coloré.

— On a dépassé les trois tonnes sur la chaîne ce mois-ci ! cria le contremaître. C'est monsieur Adalbert qui serait content !

Martin hocha la tête en souriant, mais Victorien ne l'entendit pas. Des flots de poissons coulaient devant lui comme un fleuve palpitant, les machines, les maquereaux, le sol, les murs, tout luisait, frémissait, cliquetait à l'unisson dans une odeur métallique. Il était terrassé par tant de beauté. Le contremaître sembla lire dans ses pensées.

— C'est beau, hein, monsieur Victorien ?

Il hocha la tête, la gorge serrée par l'émotion.

— Et c'est rien à côté des chaînes de coupe. Ça débite, ça rigole pas !

Ils entrèrent dans le dernier bâtiment. Sur mille mètres carrés, c'était le royaume des fruits et légumes frais prêts à déguster. Devant un long plan de travail en marbre, trente opérateurs en combinaison de plastique débitaient des kiwis, des ananas et des concombres. Juste derrière eux, le long du mur, une machine se chargeait des carottes, une autre, des oignons.

— On livre six cents kilos par jour depuis lundi. On va pouvoir atteindre les deux cent soixante-dix tonnes l'an comme prévu.

Martin acquiesça, s'inquiéta de la logistique. Est-ce que la livraison arrivait à suivre ? Les supermarchés et les fast-foods avaient signé pour un produit préparé, livré et mis en rayon en moins de vingt-quatre heures. Francis le rassura :

— On a fait des tests avec des points de vente à Menton et à Périgueux, on est large. En vingt heures, c'est plié.

Victorien resta de marbre devant les bâtonnets de carottes et de concombres malgré leurs couleurs pimpantes. Il nageait tout entier dans la poésie de la chaîne de maquereaux, il voyait toujours ces centaines de flèches argentées zigzaguer autour de lui, et, une demi-heure plus tard, il en frétillait encore en buvant un café avec Francis et Annie dans la salle de repos du personnel.

— Ça faisait rudement plaisir de vous voir, monsieur Victorien. Faudra revenir.

— Oui, oui, balbutia-t-il.

Martin le déposa au pied de son immeuble et il monta l'escalier l'esprit encore perdu. Sophie était dans le salon, assise devant une mare de petites cartes blanches. Elle écrivait d'un air appliqué.

— Tu es déjà rentrée ?

— Il est dix-neuf heures trente, mon chéri. Je termine les mots de remerciement pour Adalbert.

Stupéfait, il réalisa qu'il n'avait pas vu passer l'après-midi. Sa femme resta le stylo en suspens au milieu d'une phrase et releva la tête.

— Je crois qu'il avait très peu d'amis.

— Quelle drôle d'idée ! Il y avait au moins cinq cents personnes à son enterrement !

— Je sais bien, mais tous les messages envoyés se ressemblent : ils sont polis, mais sans émotion. Ces gens ne semblaient pas vraiment le connaître.

Le téléphone de Sophie frémit dans sa poche avant qu'il puisse répondre. C'était un message de Robert. Elle le lut à haute voix.

Visite annulée. Max Hévrard sera là le 9. Tu gagnes une semaine. Fais-en bon usage.
R

À la première phrase, Victorien sentit son cœur s'arrêter, puis il crut que les murs de l'appartement s'écartaient, que le plafond s'envolait et il se figura même entendre le trille d'un violon. L'échéance était repoussée.

Restait à terminer le tableau. Une seule solution : s'aérer la tête. Changer de pré réjouit les jeunes veaux, c'est bien connu, et les artistes, comme les veaux, ont besoin de variété. La routine assassine leur originalité. La rue Royale pourrait bien les accueillir, Sophie et lui, une semaine. Déchargée de la vaisselle, de la cuisine et du ménage, sa femme serait presque en vacances. Il voyait bien qu'elle n'avait pas trop le cœur à passer la serpillière quand elle rentrait le soir.

Et lui, niché dans cette maison pleine de tableaux, de livres et de meubles anciens, entendrait peut-être les mânes de leurs auteurs. Oui, une retraite rue Royale lui montrerait une autre voie.

C'est vrai, j'avais très peu d'amis. À quoi ça sert ? Les trois quarts des gens finissent par vous planter un couteau dans le dos. Trois ou quatre bons camarades valent mieux qu'un long carnet d'adresses.

Je suis mort depuis quinze jours et j'ai déjà l'impression de perdre mon temps. On en fait, des choses, en une semaine ! Donnez-moi sept jours et je conquiers un nouveau pays ; trois jours et deux nuits m'ont suffi à faire signer un contrat de dix ans à la filière argentine de Jumbo. Certainement celui dont je suis le plus fier. Vendre des haricots verts et des salsifis au pays des éleveurs d'entrecôtes, c'était un beau défi. Il m'a suffi de lancer la conversation autour des mérites comparés du maté et de la chicorée pour convaincre le directeur des achats de s'intéresser à nos conserves.

Encore une bonne raison de ne pas boire de thé... Qui boit cette eau de vaisselle n'est pas d'ici. D'aussi loin que je me souvienne, les hommes de la manufacture buvaient du grimpe à l'clinche[1], *avec* el rinchète[2] *de guenièvre pour rincer la tasse et faire passer le goût du café réchauffé. J'ai interdit la petite goutte en 1985, parce que je m'inquiétais pour leur foie, mais je sais bien qu'elle coule toujours discrètement en fin de journée, pour les anniversaires.*

Il serait temps que ça bouge un peu, je commence à m'ennuyer sec ici. Pas un livre, pas un tableau... Je ne vais pas me refaire la bataille de Diên Biên Phu pour m'amuser. D'autant que je n'y étais pas. Mais la question n'est pas là.

---

1. Du café très fort. Expression ch'ti.
2. La goutte.

16

OÙ L'ON SE POSE DES QUESTIONS

28 décembre
Saints Innocents (qui arrivent à point nommé dans notre histoire)

Victorien sonna le sourire aux lèvres. Celui de Claude s'effaça en voyant ses deux valises, sa gibecière et le hayon ouvert de la voiture.

— Monsieur Victorien…

— Bonjour, Claude ! Pouvez-vous aider Sophie à porter mes affaires dans le bureau, s'il vous plaît ?

Sophie tirait du coffre un rouleau en carton de la taille d'un mât. Il glissa sur les pavés et, en soufflant, elle y joignit deux gros paquets :

— Ce serait très gentil. Merci, Claude. Je vous laisse vous organiser, je dois être au travail à neuf heures.

Avant que le majordome puisse répondre, elle avait refermé le coffre, sauté dans la voiture, claqué la portière et disparu de l'allée.

Victorien s'était déjà engouffré dans la maison. Le vieil homme le suivit, quémandant, tel Marc Aurèle, la force de supporter ce qu'il ne pouvait changer. Les cartons posés, il chercha du réconfort auprès de Marie qui classait les factures.

— Monsieur Victorien s'est installé dans le bureau. Si lui aussi se répand dans toute la maison, ça va devenir invivable. On avait déjà mademoiselle Mathilde

Elle referma son cahier de comptes et se leva.

— Allons, Claude, pensez au plan de monsieur.

— Il ne prévoyait certainement pas la tournure que prennent les choses.

— Et qu'est-ce que vous en savez ? Hein ?

— Il a scotché ses toiles aux boiseries des fenêtres avec du double-face et il a posé des pots de peinture partout. Vous imaginez si ça se renverse sur le parquet ?

Sa voix gémissante toucha Marie. Elle opta pour une diversion :

— Au fait, mademoiselle Mathilde va préparer le dîner.

— Cette fois, c'est la fin. Elle ne sait pas distinguer le sel du sucre.

La cuisinière s'esclaffa.

— Rassurez-vous : je garderai l'œil sur elle. C'est pas comme madame Sophie, à qui je confie ma cuisine les yeux fermés.

***

Sophie avait posé son mari et ses paquets comme on se débarrasse d'un enfant turbulent le matin à la porte de l'école : avec un peu de culpabilité et beaucoup de satisfaction. Elle aimait bien la grande maison, et ce séjour était l'occasion de se rapprocher du cacatoès. Elle avait ignoré la mine déconfite de Claude et foncé à trente-cinq kilomètres-heure jusqu'au bureau. Sa collègue l'avait accueillie avec un grand sourire et un café.

— La réunion de ce matin est annulée.

Sophie s'offrit un sucre pour fêter la deuxième bonne nouvelle de la journée. Ces deux heures de liberté inespérées lui permettraient de réfléchir au meilleur moyen de s'attaquer à sa cible. Contrairement à Claude, Sophie était loin d'avoir lu tout ce qui avait été écrit sur le cacatoès rosalbin (*Eolophus roseicapilla* de son vrai nom). Elle ne connaissait de Prince que ses petites habitudes, son amour des pistaches et son langage corporel. C'était déjà pas mal plus, certainement, que n'en savaient 65,99 millions de Français, mais insuffisant pour neutraliser de façon discrète la bestiole.

Tout en sirotant son café, elle papota gaiement avec Murielle. Sa collègue était justement préoccupée par deux problèmes de taille : rassasier ses jumeaux ados et embellir son jardin en prévision (lointaine) du printemps.

Sophie lui confia sa recette de patates gratinées à la camarguaise et promit de lui rapporter des boutures de rosiers remontants. Ceux de la rue Royale affichaient une forme olympique. Il serait bien temps, tout à l'heure, de taper sur Google *Comment neutraliser un cacatoès.*

***

L'air concentré, Mathilde retournait la noix de jacquier posée sur la table de la cuisine. Malheureusement, elle avait été livrée sans mode d'emploi. Comment diable coupait-on cette chose ? De haut en bas, comme une tomate, ou au milieu, comme un pamplemousse ? Marie, qui regardait par-dessus son épaule, semblait aussi perplexe qu'elle.

— Est-ce qu'il y a un noyau ?

Mathilde rougit à l'idée qu'on la prenne pour une ignorante.

— Pas du tout, mais je ne voudrais pas abîmer les quartiers. C'est un fruit très rare.

Elle inspira un bon coup et se décida à fendre le fruit dans le sens de la hauteur. Des sortes de gousses dorées, de la taille d'un poing, apparurent, nichées contre une peau blanche et épaisse.

— On dirait de l'ail avec une couleur de mangue, fit Marie. Ça se mange cru ou cuit ?

Mathilde retrouva son assurance :

— Les deux. Je vais préparer une salade de fruits et un curry.

Sous le regard apitoyé de la cuisinière, elle entreprit d'extraire les quartiers de chair de leur ganse. Une grosse heure plus tard, elle avait découpé la noix tant bien que mal, et la chair jaune remplissait deux cocottes. Les graines, épluchées et bouillies, attendaient leur pâte de curry. Marie n'en avait pas. Les bras de Mathilde faillirent lui en tomber.

— Et c'est maintenant que tu me le dis ? Mais tout le monde a du curry ! On en mange partout !

La cuisinière pinça les lèvres.

— Pas ici. Dans cette maison, on mange ce que le bon Dieu nous donne : des poireaux, du persil, des chicons…

Mathilde leva les yeux au ciel. Elle se rappelait vaguement avoir vu une nouvelle épicerie fine dans le Vieux-Lille. Prenant son manteau et son sac en croco, elle courut rue Esquermoise et se heurta à des rayons couverts de gâteaux à l'ancienne et de berlingots. Le vendeur haussa un sourcil.

— Nous n'avons pas d'épices, madame, seulement les douceurs de nos régions. Vous en trouverez aux halles de Wazemmes.

Pestant, la jeune femme se résolut à gagner le quartier sud de la ville, où son sac et son brushing éclatant firent sensation. Après quelques errements et négociations, un paquet de poudre de curry et une boite de lait de coco serrés sur le cœur, elle retrouva, un peu essoufflée et très énervée, ses expériences culinaires. Elle avait acheté au cas où deux têtes d'ail– le vendeur lui avait assuré que ça rehaussait le goût de n'importe quel plat –, dont l'odeur l'avait indisposée tout le trajet.

Le soir, elle sentait encore l'ail lorsqu'elle posa le plat de curry sur la table. Le regard ébahi des convives la récompensa des heures passées en cuisine.

— Tu as fait ça toute seule ? demanda Sophie.

Ignorant la question, Mathilde servit à chacun une bonne louche.

— Goûtez ! Je vous laisse deviner ce que c'est.

Si tout le monde s'accorda à reconnaître une sauce au curry, Arthur crut distinguer des châtaignes, Martin opta pour des pois cassés, et Sophie penchait pour un ragoût de graines de courge. Mathilde tapa dans ses mains d'un air solennel.

— Vous venez de manger le premier curry aux graines de jacquier cuisiné à Lille. Félicitations ! Et ce n'est pas fini.

Avant que la tablée puisse réagir, elle partit à la cuisine comme une fusée et revint avec un deuxième plat rempli de cubes de fruits à l'aspect légèrement filandreux.

— C'est un dîner expérimental ? s'inquiéta Victorien.

Son frère piqua un morceau à même le saladier et le mâchonna pensivement.

— On dirait de la mangue ou de l'ananas.

La cuisinière d'un soir éclata de rire.

— Et voici le jacque cru ! Je vous présente mon héritage.

Tout l'après-midi, elle s'était battue en serrant les dents contre la malice de la sauce, qui semblait vouloir absolument entrer en osmose avec le fond de la casserole. Elle était venue à bout de son curry après deux essais et grâce au soutien de Marie ; ce repas était une victoire personnelle, la preuve de la supériorité de l'Homme contre la matière. Avec de grands gestes enthousiastes, elle expliqua son projet à l'assistance ahurie : le marché à prendre, les fruits importés, le succès. Un éclair de compréhension traversa Martin.

— C'est pour ça que tu as piraté mon ordinateur ? J'ai vu que tu avais téléchargé des tableaux comptables.

— Je ne l'ai pas piraté, j'ai juste copié les fichiers qui pouvaient m'aider. Si tu crois que c'est facile de préparer des *business plans*…

— Merci, je sais : j'en fais toute la journée.

Arthur pouffa, mais le ton pince-sans-rire de son mari avait vexé Mathilde. Elle toisa son frère.

— Au moins, moi, je travaille. Je ne joue pas le dandy avec une bestiole grotesque. Et mon étude de marché est béton.

— Je fais peut-être le dandy, mais ça fonctionne. Et ma bestiole crève l'écran, ma petite. On a eu un article sur le site du *Huffington Post* ce matin.

— Pauvre type. Tu ne fais toujours rien de tes dix doigts.

— Et toi, tu ne gagneras jamais cent mille euros avec des fruits. Tu as calculé combien tu devrais en vendre ? Tu es folle. Ou tu ne sais pas compter.

Marie et Claude suivaient la crise familiale par le passe-plat de la cuisine, et le majordome avait toutes les peines du monde à croire ce qu'il entendait.

— La petite qui ne voulait pas entendre parler de la manufacture La voilà qui se lance dans l'import-export de fruits. Et des fruits du bout du monde !

— J'en ai mangé un bout tout à l'heure, dit la cuisinière. Faut avouer que c'est pas mauvais.

— Ça pourrait bien être du caviar, elle arrêtera tout si elle n'a plus le temps de se faire les ongles. Et on va se retrouver avec des fruits géants plein la maison. Croyez-moi, Marie.

***

Arthur se coucha de bonne heure et de mauvaise humeur. Quatre jours dans cette maison, c'était trois jours de trop. Il était temps de retrouver ses pénates et sa machine à café. Il se demanda comment Sophie pouvait garder son calme ; quant à Martin, il venait sûrement de la planète Mercure.

Il se brossa les dents et se glissa entre les draps froids. Cette maison était un tombeau, et Claude, son grand prêtre, songea-t-il, les genoux recroquevillés contre le menton. Il se demanda si Victorien détestait autant l'endroit que lui. Victorien ne disait jamais rien. Petit, il était très bavard, mais, plus il grandissait, moins il parlait. Du temps de leurs parents, c'était différent. Leur mère était gaie, elle leur faisait des crêpes le mercredi après-midi. Il se revoyait, debout sur un tabouret en bois, saupoudrer les disques dorés de vergeoise. Leur père était réservé, mais souriait tout le temps, pas comme Adalbert. Le vieux avait arrêté de sourire le jour où leur grand-mère était morte. La maison s'était transformée en catafalque.

En même temps, aucun d'entre eux ne parvenait à s'éloigner vraiment de la rue Royale. Pourquoi Mathilde avait-elle tenu à y vivre ? Martin avait largement les moyens de lui offrir un bel appartement. Lui-même, en partant à quelques pâtés de maisons, avait cru vivre sa vie, mais il aurait pu s'installer à Lyon, à Lisbonne ou même à Boston – plusieurs de ses amis l'avaient fait. Pas lui. Pour la première fois de son existence, Arthur de Sainte-Sévère était en pleine introspection.

***

Sous sa couette, Mathilde se consolait des sarcasmes familiaux en suivant mollement une série. La hargne de son frère lui restait sur l'estomac. Demain, elle ferait goûter les restes de son curry à quelques gérants de restaurants encore dubitatifs et elle prouverait à la terre entière, Adalbert le premier, qu'elle avait la tête sur les épaules. Elle avait accusé réception du colis auprès de Prakash Basu, le félicitant pour la qualité des fruits et lui demandant quand pourrait être organisée la première livraison, mais c'était le milieu de la nuit en Inde ; elle ne pouvait espérer de réponse avant le lendemain. Le *Mentalist* avait donc la lourde tâche de lui faire passer le temps. Il peinait à remplir sa mission. Elle finit par fermer sa tablette et se tourner vers son mari allongé à côté d'elle.

— Tu penses que je suis une pouffe ?

Martin, qui lisait un vieux Chandler, fut propulsé sans transition des bas-fonds californiens au plateau de *Confessions intimes*.

— Une… quoi ?

— Une pouffe, une greluche, une poupée sans cervelle.

— Je crois que j'ai compris le mot, merci. Mais d'où te vient cette idée ?

— J'ai juste besoin de ton avis.

Il dévisagea sa femme : pour la première fois, peut-être, depuis qu'il la connaissait, elle semblait douter d'elle-même. Il sourit.

— Tu crois que j'aurais épousé une idiote ?

Elle le regarda quelques secondes et lui plaqua un baiser sur le bout du nez. Martin, si réfléchi et intelligent, l'homme qu'elle avait choisi, ne pouvait pas se tromper.

Alors, il suffit que je passe l'arme à gauche pour que ma petite-fille se mette à la popote ? Si j'avais su, je serais mort plus tôt, ça m'aurait économisé l'emploi d'une cuisinière ces dix dernières années. Arthur va peut-être se mettre au bricolage et à la vaisselle ? Mieux vaudrait tard que jamais. Il a passé le quart de siècle et n'a pas encore planté un clou de sa vie.

Je n'avais jamais mis les pieds dans l'appartement d'Arthur. Trop peur de ce que j'y aurais vu. Maintenant que j'ai pu y jeter un œil d'ici, ma foi, je suis plutôt fier de lui. Le salon est rangé, la cuisine est propre – une tâche facilitée par le fait qu'il se nourrisse exclusivement de boissons protéinées et de fromage blanc sans sucre –, la lessive, à peu près à jour.

Par contre, que fait-il de toutes ces bouteilles de laque dans la salle de bain, ces pots de crème coiffante, ces richelieux à la patine artificielle ? Quelle faute de goût ! Et cette machine à café qui grogne ? On dirait un ours. Je serais une fille, je m'enfuirais en courant.

17

De l'art de la négociation

30 décembre
Saint Hermès, exorciste, à ne pas confondre avec une célèbre marque de luxe

L'Inde possède la quatrième surface agricole au monde ; malgré ses faiblesses structurelles – dépendance à la mousson, faible rendement et réseau de transport chaotique –, elle entendait bien le faire savoir. Elle décida donc de chiper quelques parts de marché à ses voisins, la Chine et la Russie. Quand le gouvernement ouvrit des centres d'exportation dans les petites villes pour faciliter l'accès au marché international de ses producteurs, Prakash Basu fut l'un des premiers à s'inscrire. L'État venait de signer des accords avec huit pays : les États-Unis, le Canada, l'Iran, la Malaisie, la Corée du Sud, Taïwan, mais aussi le Chili et l'Équateur. Espérant doubler ses exportations agricoles, Prakash Basu tenait à sa part du gâteau, un gâteau estimé à soixante-six milliards. Mais le Chili, la Malaisie et l'Iran étaient encore fermés aux bienfaits des noix de jacquier, et le producteur restait sur sa faim. Son frère aîné le traitait ouvertement et régulièrement d'imbécile.

— Tu aurais dû en rester à l'élevage de poulets, comme moi !

Prakash Basu regardait le SUV étincelant de son frère, sa maison avec climatisation dans toutes les pièces et n'osait pas répondre. La commande de Mathilde de Sainte-Sévère lui était apparue comme un phare dans la nuit.

Il répondit avec empressement au nouveau message de la Française, et ils tombèrent d'accord sur une première livraison d'une demi-tonne, une quantité qui lui permettrait d'approvisionner sa dizaine de clients lillois. Le virement arriva vingt-quatre heures plus tard. En regardant son compte en banque gonflé de dollars, il avait sautillé de joie. Magie du monde moderne.

Il appela son cousin qui travaillait au port et lui demanda quel cargo partait au plus tôt pour la France. Un bananier appareillait justement dans trois jours pour Dunkerque. Le cœur de Prakash Basu fit un saut périlleux dans sa poitrine.

— Tu crois qu'il restera une petite place pour mes noix ? Je n'ai pas grand-chose, juste cinq cents kilos.

— Ça devrait être possible. Je me renseigne auprès du lieutenant qui s'occupe du chargement.

Le soir même, tout était arrangé. Le cousin avait tamponné les papiers et, contre une poignée de dollars, le lieutenant du *Dolly-Mary* avait poussé quelques palettes de bananes. Prakash Basu choisit lui-même une vingtaine de fruits géants parfaitement mûrs, les chargea dans son vieux camion et les déposa au pied du bateau. En voyant les cageots de noix disparaître dans le container, il essuya une larme de joie. C'était le premier pas vers un marché prometteur que ses cinq hectares de plantation alimenteraient sans problème pendant des années.

Il serait bientôt riche et, si Dieu le voulait, ami avec Rihanna qui viendrait chanter pour lui, son cousin (qu'il soit béni) et toute sa famille. Il reprit la route de la plantation en chantant à tue-tête.

Il mit son transistor à fond, alluma son ordinateur et avertit Mathilde qu'elle recevrait sa commande qualité extra sous dix jours.

***

Maître Ozieux rédigeait un acte de vente immobilière particulièrement retors lorsque Ludivine frappa à sa porte. Le notaire aimait ces instants de concentration extrême. Il tourna la tête à regret.

— Monsieur Martin De Boer est là et demande à vous parler.

— Nous n'avons pas rendez-vous, n'est-ce pas ?

— Non.

— Alors, dites-lui que je suis occupé.

— Il insiste, monsieur. Il dit que c'est très important…

La clerc baissa la voix :

— … et que si vous refusez de le voir, il sortira pour aller tout droit à l'Ordre.

Les oreilles de maître Ozieux devinrent écarlates. Il ferma son document d'un clic de souris et pivota vers la porte.

— C'est bon, dites-lui d'entrer.

Mais Martin n'avait pas attendu l'appel de la jeune femme ; il entrait déjà et s'asseyait en souriant en face du notaire. Ludivine s'esquiva à reculons. Maître Ozieux se redressa en tirant les pans de sa veste et affermit sa voix :

— Monsieur De Boer…

— Maître Ozieux, dit Martin en croisant les bras.

— J'ai du travail et je ne pourrai pas vous consacrer plus de cinq minutes. Vous auriez dû prendre rendez-vous.

— Et vous, vous devriez me vider votre sac ou rendre votre plaque.

La couleur des oreilles du notaire gagna ses joues, et il posa deux mains tremblantes sur son bureau.

— Monsieur, je ne vous permets pas !

— Je vous en prie, maître. J'ai fait du droit. Ne jouez pas à ça avec moi.

Maître Ozieux sembla se dégonfler brutalement. Il se ratatina sur son siège, tira sur son nœud papillon et poussa un gros soupir.

— Le mieux, me semble-t-il, est de vous expliquer toute l'histoire.

Et de nouveau, d'une voix hachée, le petit homme raconta.

Martin avait poussé la porte de l'étude sur une intuition : celle que le notaire cachait quelque chose. Il n'aurait pas su dire d'où lui était venue l'idée, mais elle était ancrée en lui et avait grandi de jour en jour, comme une graminée. Aucun argument juridique n'étayait sa prémonition. Il avait ausculté le règlement communautaire du 16 août 2012 qui était limpide : Adalbert avait parfaitement le droit de rédiger un testament selon la loi américaine. Était-ce le détachement du notaire, lors de l'ouverture du testament, qui lui avait mis la puce à l'oreille ? Le silence de Claude ? La singularité de ces dispositions ? Il était persuadé que les excentricités affichées du vieux Sainte-Sévère étaient un paravent, mais rien ne le prouvait. Maître Ozieux semblait plus fragile que le majordome ; fort de son expérience des interminables négociations d'affaires, Martin avait choisi le maillon faible. Il n'avait d'ailleurs guère de choix : Claude, le fidèle Claude, ne lâcherait pas un mot, et le principal acteur de l'histoire tapait le carton avec Roger Salengro et Pierre Mauroy au cimetière de l'Est. Restait le petit notaire, lequel, aujourd'hui, semblait fort soulagé de cette confession imposée.

Martin écouta, promit le silence et partit. En marchant vers son bureau, il retournait les explications du notaire dans sa tête, et sa colère s'éteignait peu à peu. Le visage défait de maître Ozieux flotta devant ses yeux, puis ceux d'Arthur et de Mathilde. Un sourire apparut sur ses lèvres et il finit par éclater de rire.

— Sacré Adalbert ! Il n'a pas fait les choses à moitié.

Une vieille dame en manteau de fourrure, un petit chien blanc en laisse, le croisait au même moment. Elle sursauta. Martin surprit son air réprobateur. Avec un sourire, il s'inclina légèrement pour s'excuser. Elle redressa le menton et accéléra le pas. Martin regretta de n'avoir pas eu de chapeau à soulever, mais il se réjouit d'avoir discuté deux jours plus tôt avec Sophie. Elle lui avait proposé de la retrouver en ville pour préparer la disparition de Prince.

— À l'extérieur, ce sera plus discret, avait-elle assuré.

Ses précautions de Mata Hari avaient beaucoup amusé son beau-frère. Ils s'étaient retrouvés à la cafétéria du CHU, la probabilité d'y croiser Arthur ou Claude étant infinitésimale. Sophie était arrivée remontée comme un coucou suisse, le cabas débordant de documentation. Lui aussi avait pris le temps de réfléchir de son côté. Après une heure d'échanges et une bonne dose de théine frelatée, il était parvenu à lui faire accepter son plan.

***

Victorien et Mathilde n'avaient jamais été très proches. Toute petite, elle montrait déjà un caractère brusque qui effrayait son frère aîné, et elle, de son côté, ne comprenait pas ses états d'âme. Il fut étonné qu'elle le rejoigne dans le bureau ce matin-là.

— Je m'ennuie, dit-elle d'une voix boudeuse.

— Tu ne sors pas avec Louise ou avec Laura ?

— Laura ne me parle plus depuis qu'Arthur campe à la maison. Et Louise part au Touquet pour le réveillon, elle fait sa valise.

Elle se serait fait hacher menu plutôt qu'avouer à son frère qu'elle n'avait plus envie de voir sa plus vieille amie. Expliquer la bêtise de Louise, c'était reconnaître la sienne.

— Et toi ?

Il se frotta le front et soupira. Le triptyque était toujours un diptyque.

— Je n'avance pas. C'est comme si mon cerveau était sorti de mon corps

— Tu devrais sortir, les idées viendront toutes seules.

— Je sors.

— Non, mais vraiment. Aller au zoo, par exemple.

— Je suis allé à l'usine avec Martin l'autre jour.

— Et ça t'a fait penser au zoo ?

— Non, mais c'était beau.

Il posa son crayon et regarda sa sœur d'un air gêné.

— J'avais peur d'y aller. J'ai toujours détesté l'usine. Je croyais que c'était un endroit sale, malodorant, bruyant

Mathilde fronça le nez.

— Ça l'est !

— Oui, mais c'est beau. Je la voyais comme un enfer et, en fait, non. C'est vivant. Ça vibre, ça crée. Je ne sais pas comment te l'expliquer. On dirait une bête sauvage domptée par les ouvriers.

Les bruits et les mouvements de la chaîne lui revinrent en mémoire et il se tut. Mathilde éclata de rire.

— Représente l'usine, puisque tu l'aimes tant.

— Je l'ai déjà fait.

Du doigt, il lui montra les séries de maquereaux alignées contre le mur. Mais l'usine n'avait aucun rapport avec son œuvre sur le temps, et c'était bien ce qui le désespérait. Il avait, encore une fois, créé quelque chose dont il ne pouvait rien tirer.

— Au fait, reprit Mathilde, tu savais que grand-père avait un appartement aux États-Unis ?

— Non, je l'ai appris en même temps que toi, quand le notaire nous a lu l'inventaire. Grand-père allait souvent là-bas pour le travail, mais je croyais qu'il dormait à l'hôtel.

— Le connaissant, je parie qu'il l'a acheté une bouchée de pain il y a cinquante ans et qu'il vaut une fortune maintenant. Je serais curieuse de le voir. Tu ne veux pas faire un saut à Washington avec moi ?

— Pourquoi tu ne demandes pas à Arthur de t'accompagner ?

— Parce qu'il voudra emmener son cacatoès chéri, il passera son temps à faire des *stories* avec lui et à les poster sur Instagram. Cet oiseau l'a rendu dingo. Il en est devenu presque aussi gaga que Claude.

— Vas-y avec Martin, alors.

— Je crois que ça ne l'intéresse pas tellement. Et il a trop de travail pour prendre une semaine de vacances.

Victorien était déjà retourné à sa toile. Elle l'observa un instant d'un œil distrait, se demanda à quoi ressemblaient les boutiques de Washington. Sa seule expérience de l'Amérique était un séjour linguistique de trois semaines à Atlanta, en classe de seconde. La tête pleine d'images de Scarlett O'Hara, elle s'était réjouie de connaître la Géorgie, cet État de légende. À sa grande déception, elle avait découvert une ville hérissée de gratte-ciel, dont l'attraction principale était une fontaine géante de Coca-Cola. L'histoire des droits civiques étant le cadet de ses soucis, elle avait convaincu Louise de se faire porter pâles et elles avaient remplacé la visite guidée sur les traces de Martin Luther King par une escapade personnelle jusqu'à la maison de Margaret Mitchell. La bâtisse, posée comme une carie au milieu d'un cercle de buildings de verre et d'acier, l'avait déçue. Elle s'était vengée en achetant un tee-shirt jaune à l'effigie de Vivien Leigh, si mal coupé que, de retour en France, il était resté dans un tiroir de sa commode.

Oui, cet appartement, c'était l'occasion de se réconcilier avec le continent américain.

Un cent mètres carrés lumineux, dont les fenêtres ouvraient sur un grand parc. Ce petit appartement de Washington me plaisait bien. J'y allais une fois par an, j'y restais deux semaines, le temps de faire la tournée des popotes et je repartais à Lille les carnets de commandes remplis.

Quelques jours avant mon séjour, je prévenais James de mon arrivée, nous nous retrouvions pour visiter une exposition de peinture, puis nous allions au Vietnam Veterans Memorial. C'était notre rituel. Côte à côte, nous longions le mur et lisions au hasard quelques centaines de noms parmi les 58 156 gravés sur le granit noir. Je n'y serais pas allé de moi-même ; je ne crois pas que les commémorations fassent revenir les morts : elles rendent simplement la douleur moins laide. Mais ce pèlerinage était vital pour James. Pour les Américains en général le respect des vétérans est une affaire nationale. Nous, on préfère tout glisser, les souvenirs et les hommes, sous le tapis. Chaque peuple purge sa peine comme il peut.

James me demandait des nouvelles des petits. Les siens grandissaient comme les miens. Il s'était marié, lui aussi, il avait eu deux enfants, un garçon et une fille, la famille parfaite à l'américaine. Chacun s'était marié et avait eu des enfants à son tour. Nous échangions des photos, sa femme Lucy insistait pour me garder à dîner, je les amusais avec les derniers potins de l'industrie française, lui me racontait les dessous de la justice américaine. Il était devenu juge. Des soirées paisibles, durant lesquelles nous papotions tous les trois autour de sa table de salle à manger Régence en acajou. On s'était bien embourgeoisés, depuis nos vingt ans, avec nos femmes, nos petits-enfants et nos meubles bien cirés. James avait même un chien, un labrador, comme Bill Clinton. Moi, j'avais un perroquet. Comme Jayne Mansfield.

18

Coup de foudre pour un oiseau

5 janvier
Saint Édouard le Confesseur, roi d'Angleterre, qui détestait faire la guerre. Son décès déclenchera malheureusement une crise de succession et l'avènement de Guillaume le Conquérant (moins tendre, comme son nom l'indique)

La France connaît chaque année deux périodes de léthargie intense. Comme la nature est bien faite, il y en a une en été et une en hiver, comblant les amateurs de ski comme les acharnés de planche à voile. Ces temps morts de dix jours chacun fascinent nos partenaires étrangers. Du 23 décembre au 5 janvier et du 1er au 15 août, l'économie française entre dans le coma. Les ministères, les chambres de commerce, les fabricants de yaourt, les agences d'EDF, les caisses d'allocations familiales, les menuiseries industrielles, les universités, les bibliothèques, les services de l'armée, les couvreurs répètent un mantra commun : « Rappelez/recontactez-nous dans dix jours, quand monsieur X sera rentré de congé. » Les boîtes mail deviennent silencieuses, les téléphones ne répondent plus, les attachés de presse même interrompent leurs rafales de communiqués. Seuls les pompiers, les urgentistes, les cuisiniers et les *community managers* semblent immunisés.

Au lendemain de l'Épiphanie, le pays entre en crise d'épilepsie. Les électriciens, les journalistes, les consultants en ressources humaines, les gestionnaires d'assurances, les experts-comptables, les chargés de cours, les directeurs de clinique, les huissiers, les commerciaux, les médecins, les plombiers se réveillent dans un bel ensemble, et la cacophonie devient totale. C'est à qui hurlera qu'il a le plus de chocolats à digérer (de coups de soleil à soigner) et de travail à rattraper.

L'agence Cookies (stratégie de communication, e-marketing, recrutement d'influenceurs) avait beau être une société 2.0, imbibée de start-up culture et de conception disruptive, elle n'échappait pas à cette faille spatio-temporelle : tous ses salariés s'étaient éparpillés le 24 décembre. Quand Thomas s'assit devant son ordinateur le 5 janvier au matin, il émergeait d'un marathon dinde farcie, foie gras, marrons glacés qui amoindrissait sérieusement sa vitesse de compréhension. Thomas était jeune et cool, il portait la moustache de Napoléon, les baskets de Jay Z et un tee-shirt sérigraphié BAUDELAIRE. Il travaillait autant qu'on peut le faire quand on a vingt-sept ans, qu'on est célibataire (administrativement) et consultant en communication dans une boîte installée dans un ancien entrepôt lillois, mais, ce matin, il tournait au ralenti. Il avait passé une semaine en zone blanche et se sentait écrasé de désespoir en constatant la vitesse à laquelle les réseaux sociaux avaient continué à tourner sans lui.

Prenant sa tasse de café et son courage, il se mit à éplucher les sites un à un. Paul l'interrompit en pleine lecture des tweets de @Bananas, une youtubeuse beauté qui pesait quarante-huit kilos (avec mascara) et trois millions de fans.

— Regarde ça, mon gros !

Il jeta un regard au smartphone que son associé brandissait. Un oiseau rose et duveteux gonflait le jabot devant une rangée de livres. Un peu plus loin, il posait de profil, hiératique, devant un tableau doré. Sur une autre photo, debout contre l'épaule de son maître, il regardait l'objectif en penchant la tête. La luminosité était bonne, les couleurs, choisies avec un soin évident. Thomas avala une gorgée de café et admit :

— C'est assez esthétique et décalé. C'est un cacatoès ?

— Il est mortel ! Faut qu'on le chope. Cette bestiole va devenir une icône. Tu connais ce compte ?

— @jolimome ? Pas du tout. Il existe depuis quand ?

— Une semaine, mais il a déjà six mille fans. Et j'ai vérifié : tous réels et sincères[1].

Thomas poussa un petit sifflement.

— Jamais vu un buzz pareil. Faut trouver qui c'est.

— Tu penses à ce que je pense ?

— Ouais : cet oiseau serait top pour la campagne Agora ! Le coup de bol, sérieux. On fonce, je m'y colle.

Les relents de dinde et de marrons s'étaient évaporés. En quelques clics, Thomas vérifia les abonnements de @jolimome et sa localisation. Pas question de prendre le risque d'un *bad buzz* si le propriétaire de l'oiseau s'avérait un jour être un nazillon ou un sexiste. Mais la vie digitale de @jolimome semblait aussi propre que ses

1. Certaines marques ou personnalités « achètent » des abonnés auprès de sociétés spécialisées pour faire monter leur cote sur les réseaux sociaux.

photos : il s'identifiait à Lille ou au Touquet, suivait une réserve d'oiseaux, quelques influenceurs à la mode et un artisan d'art qui créait des volières. La voie était libre. Il s'abonna à @jolimome avec le compte de l'agence et envoya immédiatement un message privé.

Arthur ne fit aucune difficulté. Il répondit dans l'heure, certifia, la main sur le cœur, qu'il était bien @jolimome et que le perroquet n'avait jamais été maltraité lors des séances photo, expliquant même à son interlocuteur que les *Eolophus roseicapilla* avaient une âme de cabotin. Thomas coupa court : il n'avait nul besoin d'un cours de psychologie ornithologique, seulement d'une mascotte et de l'accord de son propriétaire, en échange, bien sûr, d'un chèque. Puisque le montant convenait à Arthur, il lui proposait de venir signer le contrat à l'agence le 8 janvier au matin.

— Avec Prince. Nous ferons une photo pour le client.

Arthur confirma, remercia et raccrocha. Il était très satisfait de lui. Il se gratta le cou, puis le menton et se demanda si Laura accepterait de poser avec le perroquet. Une blonde à rouge à lèvres, ça apporterait un peu de glamour. Quant à sa sœur eh bien, elle serait verte de jalousie : il avait remporté ce premier round les doigts dans le nez. Pour fêter ça, il offrirait demain un nouveau jouet musical à Prince.

***

Depuis une semaine, le majordome prenait sur lui pour cacher son inquiétude, mais elle atteignait un tel niveau qu'il ne pouvait plus la taire. Il chercha du secours auprès de Marie.

— Maintenant que madame Sophie est sous le même toit que monsieur Martin, ils risquent de s'attaquer à Prince et nous ne savons pas quand. Nous devons lui trouver une cachette.

— La cave, suggéra la cuisinière.

— Non, ils le trouveraient tout de suite. Il nous faut un endroit auquel ils ne penseront pas, mais qui nous soit accessible pour le nourrir.

— À l'usine ?

Claude grimaça. Une vieille blessure, dans le bas des reins, l'élançait depuis deux jours, mais l'avenir de Prince le tourmentait bien plus encore que le souvenir des coups de bâton des Viêts. La cage de Prince, posée dans un hangar au milieu des chariots élévateurs et des odeurs de salsifis ? Impensable. La manufacture tournant jour et nuit, le bruit empêcherait le cacatoès de s'endormir et il deviendrait fou, sans parler des ouvriers susceptibles de le découvrir. Il fallait un endroit calme. Le temps passait, le danger se rapprochait, chaque jour de plus passé dans la maison mettait Prince à risque.

Marie réfléchit à haute voix :

— Mon neveu Yohann est soigneur à la réserve de la Haute-Touche. Il le prendra peut-être si je le lui demande, mais c'est pas la porte à côté. Il faut bien compter une journée de trajet et autant pour le retour.

— Je pense bien à un endroit, dit le majordome. Ce sera provisoire, mais cela nous laissera un jour ou deux de réflexion et le temps de convaincre votre neveu. Je m'en occupe dès cet après-midi.

***

Prince était triste. Arthur avait beau faire le pitre, lui coller des bisous dans le cou et des pistaches sous le bec, Adalbert lui manquait. Son petit-fils n'avait pas la même voix, et l'oiseau sentait bien qu'il ne présentait pas non plus à son égard les mêmes dispositions que le vieil homme. Arthur lui parlait, mais ne jouait jamais avec lui ; Claude lui offrait de petites promenades dans la maison, mais elles étaient trop courtes ; et Mathilde refusait qu'il batifole dans la maison. Quant à descendre la cage dans le salon, c'était impossible : il aurait fallu escamoter la moitié des meubles. Le cacatoès commençait à avoir la huppe en berne. Il picorait mollement une épluchure de cacahuète quand le majordome entra, un doigt sur la bouche.

— Pas de bruit, Prince. On va faire une promenade silencieuse dans le jardin.

L'oiseau gonfla ses plumes. Il était ravi. Son vieil ami lui présenta son épaule et il s'installa dessus, impatient de goûter l'air frais et le parfum des arbres. Il savoura la traversée de la maison, du jardin, puis de la rue. Le trajet en voiture lui plut moyennement : cette sorte de cage était grise, basse de plafond et sentait la poussière. L'épreuve fut heureusement de courte durée, et le majordome l'emporta dans une maison inconnue. Il n'y avait pas d'arbres, mais la pièce blanche dans laquelle ils entrèrent ressemblait à une volière géante. On voyait même le ciel au plafond. L'oiseau gazouilla de joie.

— Tu vas rester ici quelque temps, Prince. Sois bien sage.

Le majordome vérifia que rien dans la pièce ne pouvait blesser le nouveau squatteur. Il lui installa quelques jeux, de la nourriture et de l'eau, lui caressa le dos et le laissa à son nouveau royaume. Prince examina le logis en deux coups d'aile et choisit la plus haute poutre métallique pour se percher près des étoiles.

Rue Royale, Marie guettait le retour du vieil homme. Elle le vit pousser la porte du jardin la tête basse, posa son torchon et se précipita dans le couloir.

— Alors ?

— Tout s'est bien passé, mais ça me fend le cœur de le laisser là-bas tout seul.

— C'est pour son bien, Claude, vous le savez. Qui sait où ils l'auraient emmené ? Dans un zoo, peut-être, ou en pleine forêt. Il y serait mort de froid.

— Je le sais bien, mais que voulez-vous…

Les larmes aux yeux, il s'interrompit. La cuisinière renifla à son tour et, pour masquer sa gêne, lui tapota le bras.

— Tenez bon, tout se passera bien et, dans quelques semaines, Prince rentrera à la maison.

— Je ne sais pas ce que je ferais sans vous, Marie.

— Ma foi, vous mangeriez froid, comme faisait monsieur Adalbert quand je partais en vacances chez mes neveux !

***

Le *Dolly-Mary* avait quitté le port d'Hazira sous un ciel indigo jusqu'à l'horizon. C'était un cargo comme un autre, c'est-à-dire qu'on y trouvait des officiers philippins, des matelots indiens et des cuisiniers malgaches. L'armateur était grec, le navire, immatriculé aux

Bermudes, et le commandant, italien. Pietro Luiggi avait gardé de sa péninsule le goût de l'esthétique : il inspectait chaque matin la tenue de ses hommes, considérant le moindre faux pli rencontré comme une offense personnelle. Malheureusement, il ne portait pas la même attention à l'entretien des moteurs. Le *Dolly-Mary* parcourut une centaine de miles avant de toussoter, couiner et crachoter. Un diesel, étouffé sous la graisse et la rouille, se rebiffait.

Le hululement des alarmes tira Wladimir, le chef mécanicien, de sa couchette. Il rêvait justement qu'il buvait une bonne pinte de vodka chez son cousin Dimitri à Saint-Pétersbourg. Le bateau ne ronronnait plus. Encore noyé de sommeil, il enfila son bleu de travail, ses chaussures de sécurité, attrapa son portable de service et sauta dans le monte-charge. La salle des machines clignotait comme un arbre de Noël.

Le chef renonça à retrouver son sommeil et ses rêves d'agapes familiales ; il appela son second et deux ouvriers. Ils passèrent la nuit à quatre pattes le long des parois, tirant, dévissant, mais le moteur était bel et bien mort.

Arraché à son tour de son lit *king size*, le commandant pesta, jura et se rendit à l'évidence : il fallait gagner le port le plus proche, avec les moteurs de secours, pour réparer. Le *Dolly-Mary* vira et, au pas, obliqua vers la côte.

J'ai horreur de manger froid. Servir un rôti froid est la pire vilenie que l'on puisse infliger à un homme. Je l'ai déjà dit, je ne suis pas difficile ; je peux dîner d'une soupe de poireaux ou d'un gratin de coquillettes, mais pas d'un jambon-beurre. Si l'homme s'est acharné à gratter des silex pour obtenir du feu il y a quatre cent cinquante mille ans, ce n'était pas juste pour s'éclairer quand il peignait les grottes après avoir chassé le mammouth.

Je m'égare. Je m'ennuie.

19

Le grand soir

7 janvier
Épiphanie (on vous la fait courte, tout le monde connaît)

Claude examina le petit bâtiment coiffé de tuiles : plusieurs voitures encombraient l'allée et de la lumière traversait les volets roulants. C'était la bonne adresse, une salle communale. Il entra, se présenta, parapha une feuille à côté de son nom et tendit le montant de son inscription : dix euros pour les frais de location de la salle et l'achat des crayons à papier homologués par la fédération.

La salle, déjà pleine, bruissait de chuchotements. Il distinguait des têtes blondes et des têtes grises. Trois néons suspendus éclairaient les tables nues. Les joues un peu rouges, il s'assit à l'une des dernières places disponibles. Chacun jaugeait ses voisins du regard.

— Mesdames, messieurs…

Les deux mots provoquèrent immédiatement le silence. Debout sur l'estrade, la main posée sur une horloge de jeu d'échecs, l'organisateur sourit à l'assemblée et reprit :

— Mesdames et messieurs, bienvenus au tournoi des

Rois. Si vous êtes ici, c'est que vous êtes la fine fleur des cruciverbistes. Ce soir, nous saurons tous qui est le meilleur et remportera la couronne. Les règles sont simples : vous disposez de douze minutes pour résoudre le maximum de grilles.

Le souffle court, les mains crispées sur la table, Claude retint sa respiration. La veille, il avait assuré son service comme si de rien n'était, s'éclipsant entre le dessert et les tisanes pour faire mine d'aller nourrir Prince. Il avait bu une dernière anisette avec Marie, puis s'était couché en réglant son réveil sur six heures, comme d'habitude. La journée s'était étirée comme du chewing-gum. Il avait cru ne jamais en venir à bout jusqu'à l'heure de l'apéritif. Il avait pris une douche, écrasé ses cheveux broussailleux, enfilé son costume gris, noué sa cravate. Marie avait eu la larme à l'œil en le voyant : « Vous êtes très chic, Claude ! » et elle avait insisté pour l'embrasser, « Ça vous portera chance. Go, go ! » prononçant sans doute les premiers mots d'anglais de sa vie. Il sourit en y repensant. Adalbert aussi avait un accent à effrayer un cheval. Il avait beaucoup fait rire James. Un exploit, compte tenu des circonstances.

La voix venue de l'estrade le ramena à l'instant présent.

— Mesdames, messieurs, au troisième top Un, deux, c'est parti !

L'horloge était enclenchée. Il y eut un cliquetis de crayons, l'air se chargea du crissement des mines et du chuintement des feuilles de papier froissées. Claude était en pilote automatique. Le cerveau enfermé entre les lettres noires, il avala la première grille, la deuxième, la troisième, la quatrième. Il n'entendit même pas le stop de l'organisateur ; ce fut le silence qui lui fit relever la tête. Ses voisins semblaient dépités. Le front couvert de sueur, il s'autorisa à considérer le tas de feuilles qu'il avait poussé devant lui. Six grilles. Il avait remporté la première manche.

Il survola les quarts de finale et la demi-finale. À vingt-trois heures, il ne restait plus que lui face à une jeune femme à lunettes : la championne de l'année passée, qui mettait son titre en jeu. L'excitation avait gagné tous les participants. Penchés en avant sur leur siège, les yeux fixes, ils scrutaient les deux challengers dont les mains zigzaguaient au-dessus des lettres. Cette fois, la grille était plus importante : chaque côté comportait une cinquantaine de lettres. Claude jeta son crayon au bout de deux minutes et huit secondes.

— Stop ! cria l'organisateur.

Son adversaire leva les mains. Une vague d'applaudissements emplit la salle, d'où émergèrent quelques bravos. Les doigts encore contractés, il sourit timidement, tira sur sa cravate et se redressa. Il avait gagné.

***

Ce soir-là, Mathilde ne semblait pas d'humeur à dormir. Adossée à une pile d'oreillers, bien au chaud sous ses draps, elle tapotait frénétiquement sur son clavier. Martin éteignit la lumière en espérant l'inciter à fermer son ordinateur, mais elle protesta. Elle avait du travail. L'œil fixé sur les chiffres rouges du radio-réveil, son mari s'inquiétait du retour du majordome. Ce tournoi, qui éloignait Claude pour la soirée, était la meilleure occasion de faire disparaître le perroquet, et Sophie tenait à opérer aujourd'hui. Il regrettait de ne pouvoir lui partager sa conversation avec maître Ozieux.

Il aurait aimé la rassurer, mais il avait donné sa parole au notaire. « Parfois, se dit-il, il est bien embêtant d'avoir une conscience. »

Minuit approchait ; bientôt, il serait trop tard. Heureusement, Mathilde commença à bâiller, elle posa son portable au pied de la table de nuit, tapota ses deux oreillers et tira la couette sur sa tête.

Il se glissa hors du lit dès les premiers ronflements. À tâtons, il enfila son pantalon, un pull, une paire de baskets qu'il avait cachée sous le lit et courut rejoindre sa belle-sœur, prévenue d'un texto. Elle se tenait toute raide au milieu du couloir du premier étage, devant la porte ouverte de la chambre d'Adalbert.

— Il n'est pas là.

— Quoi ?

— Le cacatoès. Il a disparu.

Il entra dans la chambre verte et alluma. La porte de la cage était fermée, mais la volière était vide. Stupéfait, il se tourna vers Sophie.

— Mais comment a-t-il pu s'envoler ? La fenêtre est fermée !

— Je n'en ai pas la moindre idée. Claude lui a donné à manger avant de partir, comme tous les soirs, et il aurait été le premier à paniquer si Prince avait disparu. On l'aurait entendu hurler jusqu'à Roubaix !

Écrasés d'incompréhension, ils fixèrent tous les deux le royaume désert de Prince pendant une longue minute. Sophie avança la première hypothèse qui lui passait par la tête.

— Un voleur est peut-être entré ?

— Il aurait pris des affaires, les boîtes de bijoux. Tout est en ordre, la porte de l'armoire est fermée, la commode aussi.

Sa belle-sœur soupira.

— Alors, quelqu'un a eu la même idée que nous.

— Je ne vois pas qui. Mathilde est obsédée par ses fruits exotiques, et Arthur dort chez lui depuis une semaine. On l'aurait entendu entrer, il n'est pas du genre discret.

Un raclement venu du hall d'entrée les fit sursauter. Martin se jeta sur l'interrupteur pour éteindre. Sophie sentait son cœur battre jusque dans sa gorge. Quelqu'un approchait. L'escalier craqua, le tapis du couloir piaula. Debout dans le noir, Sophie et Martin suivirent la progression des pas jusqu'au deuxième étage ; une porte grinça et le silence retomba dans la maison comme une pluie de poussière.

— Et maintenant, qu'est-ce qu'on fait ? chuchota Sophie.

— On retourne se coucher. Après tout, Prince a disparu, c'est le principal, et nous pourrons faire les étonnés en toute bonne foi quand Claude le découvrira.

Partagée entre le soulagement et l'inquiétude, Sophie regagna sa chambre sur la pointe des pieds. Victorien dormait, la bouche ouverte. Décidément, songea-t-elle avec un peu d'amertume, il ne s'inquiétait jamais de rien. Elle ôta son legging et son pull noirs, les roula au fond du panier à linge sous des serviettes sales et se nicha à côté de son mari, priant pour que sa prochaine opération soit plus fructueuse, car, cette fois, il s'agirait de sauver l'avenir de Victorien. L'objectif était bien plus important que les millions d'Adalbert. Demain, c'était décidé, elle cambriolerait l'atelier et ferait disparaître, d'un coup, la pression qui torturait son mari depuis des semaines. Elle s'occuperait de Prince plus tard.

Allongé dans le noir, les yeux grands ouverts, Martin tournait et retournait dans sa tête ce nouveau casse-tête.

Le deuxième en quinze jours. Voilà qui n'était pas banal, surtout au sein d'une maison si conventionnelle. L'attachement aux traditions de la famille de Mathilde l'avait surpris quand il avait rencontré la jeune femme. Parisien de naissance et d'éducation, il avait vu ses études, puis ses stages le propulser dans le Nord. Ses camarades lillois lui avaient bien expliqué qu'ici, la bière se substituait au vin dans les dîners de mariage et que leurs grands-parents les emmenaient manger du welsh dans des estaminets vieillots, mais il imaginait ces fantaisies locales réservées aux classes populaires, au mieux, aux cadres moyens, les avocats et les grands patrons naviguant dans un autre monde. Six mois après sa rencontre avec Mathilde, il avait été stupéfait lorsqu'elle lui avait souhaité une bonne fête le jour de la Saint-Nicolas.

— Tu sais que je m'appelle Martin ?

— T'es bête ! La Saint-Nicolas, c'est la fête de tous les garçons célibataires. Tout le monde la fête, ici. On offre toujours une carte ou un petit cadeau aux garçons de sa famille.

Les tenues avant-gardistes de Mathilde lui avaient dissimulé cet étrange attachement culturel. Même Arthur rangeait son téléphone portable pour jouer avec son grand-père au billard hollandais, ce jeu d'adresse du dix-septième siècle où l'on fait glisser des palets de bois dans de petits casiers. L'intrusion, dans cette famille si rangée, d'un oiseau exotique semblait la seule faute de goût. Le testament d'Adalbert avait dynamité la façade du 42 de la rue Royale.

20

OÙ L'UN DE NOS HÉROS PERD SES ILLUSIONS

8 janvier
Saint Attique (l'auteur souhaite bonne chance au lecteur qui voudra prononcer son nom très vite et trente fois de suite)

Claude s'était endormi les mains serrées autour de sa couronne. C'était une simple bande de papier brillant, comme celle que les boulangers offrent avec la galette, mais elle valait de l'or pour lui. Il avait posé le diplôme sur son bureau. Demain, il l'apporterait à un encadreur et l'accrocherait ensuite au-dessus de son lit. Il rêvait depuis plus d'un an à ce tournoi. Adalbert l'avait encouragé à s'y inscrire en lisant dans *La Voix du Nord* un entrefilet annonçant le championnat :

— Tu as toutes tes chances, Claude, et ce sera l'occasion de rencontrer d'autres amateurs de mots mêlés.

Ce soir, en fait de rencontres, Claude avait plutôt croisé des adversaires, mais il était heureux d'être allé jusqu'au bout. Une victoire presque aussi grande qu'être rentré en un seul morceau de l'Indo.

Il se réveilla encore tout imbibé de bonheur. Respirant à pleins poumons la bonne odeur de café qui montait jusqu'à sa chambre, il enfila son costume gris numéro deux et descendit en chantonnant. Marie l'accueillit d'un air extatique.

— Alors, Claude ! Dites-moi tout de cette belle soirée !

Les yeux humides, il lui raconta. L'angoisse au début du premier round, la confiance qui l'avait gagné au second, et puis la victoire, les applaudissements, la remise du trophée, les félicitations du président de la confédération. Marie buvait le récit du vieil homme, les mains serrées sur le cœur. Elle en oubliait de manger ses tartines.

— Je le savais, je le savais !

La joie de la cuisinière décupla la sienne. Ils se mettaient gaiement au nettoyage de l'argenterie quand Arthur entra dans la salle à manger, faisant vibrer la porte.

— Prince est avec vous ?

Le majordome toisa le cadet Sainte-Sévère de tout son flegme.

— Un perroquet ne fait pas le ménage, monsieur.

— Sérieusement, Claude ! Prince n'est pas dans sa cage et j'en ai besoin.

— Je ne saisis pas bien, monsieur.

À toute vitesse, Arthur expliqua le succès de l'oiseau devenu une star, la proposition d'une agence de marketing, le premier pas vers le gain exigé par Adalbert. On les attendait, lui et Prince, dans moins d'une heure pour signer le contrat.

Claude secoua la tête, compatissant.

— Vous aurez mal regardé. Je lui ai encore donné à manger hier soir. Je vais le chercher.

Devant la volière vide, il prit un air épouvanté et entreprit de fouiller les trois étages pièce par pièce en appelant Prince à tue-tête, Arthur sur ses talons. Toutes les fenêtres étaient fermées, mais le perroquet s'était évaporé. À dix heures moins cinq, le petit-fils d'Adalbert voyait son premier chèque s'envoler et s'arrachait les cheveux. Le majordome poussait des gémissements très convaincants.

— Nous devrions appeler la police.

Arthur bondit sur la proposition et remit sa mèche d'aplomb.

— Je vais à l'agence. Appelez-moi si vous retrouvez Prince.

Tout en filant sur son scooter, il tenta de se rassurer : la présence de Prince n'était pas indispensable ; l'essentiel restait la prise de contact et sa signature. Les premiers mots de Thomas douchèrent ses illusions. Passé la formule de politesse, le chargé de communication s'inquiéta :

— Où est votre oiseau ?

— Il était fatigué. Les cacatoès sont fragiles, il ne faut pas contrarier leur horloge biologique.

— Impossible de signer sans le voir. La marque exige une photo dans nos locaux. On doit leur prouver qu'il ne s'agit pas d'un montage, ni d'une photo piratée dont elle n'aurait pas les droits. Vous pouvez revenir vers quelle heure ?

— Je ne sais pas combien de temps Prince va dormir. C'est un oiseau exotique, il a son propre rythme, vous savez.

Thomas commençait à le regarder d'un drôle d'œil.

— Alors, envoyez-moi un texto quand il sera réveillé.

Arthur promit et partit la tête aussi haute qu'il put.

Mais le cœur n'y était pas. Il appela Claude : le cacatoès restait introuvable. Il avait prévenu la police et la fourrière.

— Ils nous contacteront si quelqu'un leur signale un perroquet. J'ai bien précisé qu'il était rose et or, monsieur. Pourvu qu'un chat ne l'ait pas attaqué ! Ils sont nombreux dans le quartier

Arthur avait une confiance relative en l'efficacité de la police municipale, mais il garda ses doutes pour lui, se dépêtra comme il put des lamentations du vieil homme et raccrocha, désolé.

Il hésita à revenir rue Royale, se dit que, peut-être, il pourrait fouiller quelques placards ayant échappé à l'œil du vieux majordome, remit son casque et décida finalement de rentrer chez lui.

À vingt et une heures, il tournait encore comme un diable dans sa chambre. Il appela sa sœur, qui lui pouffa au nez. Dépendre d'un oiseau, quelle idiotie !

— Je te l'avais bien dit : il vaut mieux compter sur soi-même. Regarde-moi !

Son plan à elle était bien meilleur. Son grossiste indien avait déployé une efficacité prodigieuse : la première cargaison arriverait à Dunkerque d'un jour à l'autre. La veille, elle avait déposé le nom de sa société et l'avait inscrite au registre du commerce. Ses démarchages avaient déjà convaincu trois restaurants vegans des bienfaits du jacque. Le Stupéfiant était même partant pour un dîner spécial avec salade de noix de jacquier en entrée, mousse de noix de jacquier en dessert et, bien sûr, le fameux curry de graines comme plat de résistance. Ce serait un triomphe. Quand elle commença à lui détailler le logo choisi pour la Jack Co, Arthur raccrocha.

Il se rabattit sur leur frère aîné. Celui-ci se montra nettement plus compatissant :

— Je termine de trier les livres de grand-père. Sophie veut emporter à Emmaüs ce week-end tout ce qu'on ne gardera pas. Passe boire une bière, je l'ai bien méritée !

Il trouva Victorien seul au milieu d'un tas de cartons fermés. La chambre d'Adalbert ressemblait à un meublé : le lit était défait, l'armoire béante révélait des cintres en bois, la table de chevet où s'entassaient ses lectures en cours était nue, le crapaud en velours avait été poussé contre le mur, bien loin de la cage de Prince. Arthur eut le cœur serré. Même le képi et l'insigne à tête de loup avaient disparu de la commode. Pour la première fois, il comprit qu'il ne reverrait jamais le patriarche. L'enterrement, un mois plus tôt, l'avait frôlé ; il l'avait vécu comme une scène de série, mais cette pièce vide lui jetait la réalité en pleine figure. Les choses ne seraient plus jamais comme avant et, après Zola, un autre de ses liens avec ses parents venait de disparaître.

— Vous allez jeter les souvenirs militaires de grand-père ?

— Non, Sophie a proposé de les mettre dans le salon. Je les ai regroupés dans ce carton.

Arthur le saisit sans réfléchir.

— Je le descends tout de suite.

Sans attendre l'avis de son frère, il disposa les trophées sur une étagère de la bibliothèque, puis proposa de remplacer la bière par du rhum. Victorien céda sans discuter, et ils s'installèrent face à la cheminée, une bouteille ventrue posée entre eux. Arthur leur versa des rasades de marins. Le liquide lui réchauffa le ventre ; au bout de deux gorgées, il avoua, le nez dans son verre :

— Je suis inquiet pour Prince.

— Tu trouveras une autre mascotte…

— Peut-être, mais je l'aime bien cette bestiole. Elle est drôle. On parle, tous les deux. Je crois qu'il me comprend.

Victorien n'avait jamais soupçonné une telle sentimentalité chez son frère. Il n'imaginait pas non plus qu'Arthur, si concerné par le glaçage de ses richelieux et la couleur de son smartphone, eût une vie intérieure. Le petit carnet découvert dans l'armoire d'Adalbert émergea de sa mémoire échauffée par le rhum.

— Tu sais pourquoi grand-père y tenait tant ?

— Parce qu'il le faisait passer pour un original ?

Victorien pouffa.

— Pas seulement. Il l'avait acheté pour grand-mère, le jour de sa mort. Il l'a gardé en souvenir d'elle. Ensuite, il a découvert que Prince faisait fuir les vieilles qui essayaient de lui mettre le grappin dessus.

Arthur éclata de rire.

— Grand-père poursuivi par des hordes de mères Mac'Miche ! Quel tombeur !

Son fou rire saisit Victorien, et les deux frères se mirent à hoqueter, les épaules secouées si fort que des gouttes de rhum sautèrent sur le tapis. Le premier, Arthur s'essuya les yeux et se redressa.

— Laura m'attendait à un concert à vingt et une heures. Faut que je file, elle me fera une jaunisse si elle ne me voit pas.

— Tu es un peu en retard…

— T'inquiète, je lui dirai que je discutais en coulisse avec les techniciens.

Par la fenêtre, Victorien le regarda traverser le jardin. Une pluie fine avait commencé à tomber. La silhouette de son frère, auréolée de bruine, semblait fantomatique.

« On ne connaît pas sa famille », songea-t-il. Il avait vécu dix-huit ans avec Arthur et il découvrait un inconnu. D'ailleurs, lui-même, Victorien, se connaissait-il ? Il s'imaginait être un artiste, tout le monde en était persuadé, Robert, Sophie, Arthur, et, pourtant, il n'était même pas capable de terminer ce fichu triptyque. Max Hévrard, lui, n'y croirait pas une seconde. Il se versa un deuxième verre, puis un troisième, jusqu'à trouver le courage d'aller à l'atelier, la bouteille sous le bras.

Il n'y avait pas mis les pieds depuis treize jours. Porté par sa visite à l'usine et son déménagement, il avait peint frénétiquement une série de maquereaux verts, puis une suite d'arêtes rouges, croyant avoir retrouvé sa fièvre créatrice, mais la troisième partie de ses *Craquements de soleil, de lune et du temps* lui échappait toujours. Sa panique atteignait le niveau d'un tsunami. Chaque matin, il embrassait Sophie qui partait travailler, puis il errait dans la salle de bain, le salon ou n'importe quelle pièce de la maison, d'où les regards suspicieux de Claude finissaient par le déloger. Il enfilait alors son manteau et arpentait Lille comme s'il espérait trouver l'inspiration au détour d'une bouche d'égout ou sous une porte cochère. Une fois, il avait hélé un passant, lui demandant sa définition du temps : l'homme avait hésité à appeler la police. Un autre jour, il avait compulsé à la bibliothèque universitaire une pile d'ouvrages sur la perception du temps. Les théories d'Henri Bergson (affirmation de la durée intérieure ou temps psychologique), d'Aristote (l'existence du temps serait suspendue à celle de la psyché) et d'Henri Poincaré (il n'y a pas de mesure vraie du temps) avaient achevé de lui faire exploser la tête.

La porte de l'atelier semblait bloquée. Poussant, tirant, raclant la clé dans la serrure, il parvint à entrer, manqua trébucher, fit de la lumière. Les trois bandes de tissu l'attendaient, pendant du plafond. Persuadé que la matérialisation de son sujet jaillirait rapidement, il les avait laissées à l'atelier. De toute façon, elles étaient trop hautes pour être accrochées où que ce fût rue Royale.

Un peu de musique l'aiderait à sortir ses tripes, un autre verre aussi. Il se versa une goulée dans un vieux gobelet, chercha ses pinceaux : ils étaient restés rue Royale. Dans l'évier, il trouva un couteau et une fourchette qui le consolèrent. Le couteau dans une main, la fourchette dans l'autre, il marcha vers la dernière toile, décidé qu'il était à y écraser la peinture en coulées furieuses. Une petite voix gloussante tomba du ciel.

— Coco !

Prince l'interpellait du haut de la verrière. Victorien faillit en perdre sa fourchette. Quittant son perchoir, le cacatoès vint se nicher contre son épaule et dodelina de la tête contre son cou.

— T'es beau, coco !

— Toi aussi, Prince, murmura Victorien.

Les yeux écarquillés, les mains tremblantes, il caressa l'oiseau.

— Je crois que tu vas me sauver la vie.

En descendant vers lui, le perroquet avait frôlé la toile, les ailes grandes ouvertes, lui offrant une révélation, la meilleure mise en scène qui soit de son concept. Le temps qui passe et qu'on ne peut saisir, le temps qui ne laisse aucune trace, le temps toujours différent, le temps dont le messager est poétique et périssable incarné par un oiseau, un oiseau rare. C'était parfait. Il avait enfin son troisième volet. Le soulagement le fit éclater de rire.

Restait à convaincre le perroquet de reproduire sa figure acrobatique devant Max Hévrard, mais Victorien connaissait les aptitudes de l'oiseau. Il se retourna pour éteindre la musique et cria si fort que le perroquet s'envola : Sophie était debout derrière la porte d'entrée, figée comme un lapin pris dans la lumière des phares. Espérant esquiver les questions de Victorien, elle préféra attaquer la première :

— Tu n'es pas à la maison, Victorien ?

— Et toi ? Je croyais que tu allais au cinéma ?

— Je rentrais. J'ai vu de la lumière en passant devant l'immeuble, alors, j'ai voulu vérifier que tout allait bien.

Les effets du rhum s'étaient dissipés. L'air emprunté de sa femme et sa tenue étrange intriguèrent Victorien.

— Pourquoi tu as mis cette espèce de jogging noir pour aller au cinéma ?

Écarlate, Sophie n'osait plus articuler un mot. Elle cherchait désespérément une excuse, mais son cerveau, habituellement réactif, était devenu un trou noir. Elle finit par souffler :

— Je venais chercher ton triptyque.

— Mais pour quoi faire ?

— Le cacher. Je voulais faire croire à Max Hévrard et Robert que tu avais été cambriolé. J'aurais cassé la serrure de la porte et...

— Mais tu es folle ! Personne n'y aurait cru ! Et imagine le choc que j'aurais eu demain en arrivant à l'atelier avec Robert !

— C'était le but : je ne t'ai rien dit pour que tu aies l'air crédible. Et je préférais te voir paniqué qu'humilié.

Victorien hésitait entre la tristesse et la colère. Même sa femme n'avait pas cru qu'il terminerait ce fichu tableau.

Son moment de honte passé, Sophie reprenait ses esprits. Elle pointa le perroquet du doigt.

— Qu'est-ce que Prince fait ici ? Claude le cherche partout !

Son mari écarta les bras comme un pingouin.

— Aucune idée. Mais je sais ce que je vais en faire.

21

OÙ LES PORTES DE LA GLOIRE S'OUVRENT

9 janvier
Saint Filan, aussi célèbre chez les Écossais que Jeanne d'Arc chez nous

Victorien tira fermement la cordelette, et une toile zébrée de grands traits de peinture dorée se déroula jusqu'au sol, bientôt suivie d'une deuxième toile, constellée de pois bleus. Il donna un autre coup sec, et un dernier pan de tissu immaculé se déplia. Les sourcils froncés, Max Hévrard allait demander de qui on se moquait ici quand un battement d'ailes le stoppa. Un grand oiseau rose semblant jaillir de nulle part glissa devant la toile vierge et s'envola en tourbillonnant le long du tissu avant de disparaître. Il en eut le souffle coupé.

— Voici *Craquements de soleil, de lune et du temps*. Bien sûr, ce sera filmé, dit Victorien en se tournant vers ses hôtes. Les perroquets supportent mal la foule.

Max Hévrard avait retrouvé son sang-froid ; déjà, il voyait tout le potentiel de l'œuvre.

— Bien sûr. Nous sommes farouchement opposés à

la souffrance animale sous toutes ses formes. Robert, je suis impressionné.

L'agent tentait de rester digne, mais il se mordait les joues pour ne pas hurler de joie. Deux heures plus tôt, il n'en menait pas large en accueillant le directeur du MoMA à la gare. Victorien lui avait affirmé que le triptyque était terminé, mais Robert attendait de le voir pour le croire, et voilà que la présentation dépassait toutes ses espérances. Son poulain avait subjugué l'expert.

Les mains dans les poches, Max Hévrard réfléchissait à haute voix en tournant autour des toiles suspendues.

— Nous allons vous lancer à Art Basel en juin, puis une rétrospective à Boston, à l'automne. Robert m'a montré votre installation de papier présentée aux Beaux-Arts. C'est parfait, je cherche des œuvres imposantes et interactives. Ce sera une belle pièce qui complétera le triptyque.

Les mains de Victorien devinrent moites.

— Ce n'est pas un peu rapide ? Une rétrospective...

Le directeur du MoMA scruta un assemblage de cintres en fil de fer posé dans un coin de l'atelier et hocha la tête.

— Vous avez ce qu'il faut. Croyez-moi. Cette installation, là, est digne d'un prix Marcel-Duchamp. Je veux de l'émotion, de l'instinctif, du charnel. J'adore tout.

Il regarda sa montre. Il devait partir. D'un geste, il refusa l'invitation à déjeuner de Robert, un taxi lui suffisait. Son TGV partait dans une heure.

Sitôt que la voiture, chargée de son précieux passager, eut disparu au coin de la rue, l'agent se jeta sur Victorien et le serra contre sa poitrine avec ferveur.

— Coco, tu es un chef ! Je savais que tu ne me décevrais pas ! Je le savais dès la première fois que j'ai vu tes œuvres dans cette minuscule galerie alternative. Mais ce perroquet, vraiment, c'était complètement dingue.

Victorien peinait à retrouver son souffle. La veille, il avait d'abord imaginé passer la nuit à entraîner le cacatoès, mais Prince avait répété sa voltige de bon cœur à la première demande, puis une deuxième fois sans rechigner. L'artiste l'avait cajolé, remercié, lui avait même offert des pistaches achetées à l'épicerie arabe au bout de la rue, puis il s'était couché sur le canapé de l'atelier, mais n'avait pas dormi de la nuit, n'osant pas quitter l'oiseau des yeux et fou d'angoisse à l'idée qu'il ne veuille pas renouveler l'exploit à l'heure H. Max Hévrard était arrivé, et Prince avait assuré le show. Ils avaient formé un binôme parfait et, grâce à un oiseau, lui, Victorien de Sainte-Sévère, devenait un artiste reconnu, bientôt exposé à la plus grande foire d'art contemporain au monde. Robert toussota pour le ramener à l'instant présent.

— Bien sûr, il reste beaucoup de choses à régler. Je n'ai pas encore discuté de ton contrat ni des modalités d'exposition. Nous devons réfléchir au nombre d'œuvres que tu présenteras, préparer le catalogue et penser aux reproductions possibles. Je dois contacter les critiques

— Je dois prévenir Sophie, murmura Victorien.

— Ta femme est formidable, tu sais. Elle m'avait dit de ne pas m'inquiéter, elle avait raison. Je file acheter une bouteille pour fêter ça et je vous rejoins.

— Elle est au bureau jusqu'à dix-huit heures.

— Ah ? Bon. Tant pis pour elle. Embrasse-la pour moi ce soir et dis-lui que je vous invite à dîner demain. Et je reviens dans cinq minutes avec le champagne. On va arroser ta gloire naissante.

L'agent dévala l'escalier et courut au premier bistrot.

Dix ans qu'il attendait un moment pareil. Ça méritait bien une bouteille et, s'il avait pu, il se serait offert une piscine de champagne.

Il vida les trois quarts de la bouteille, échafauda un projet de vidéo pour annoncer les futures expositions internationales, recommanda à son ouaille de créer une nouvelle installation et quitta l'atelier en zigzaguant, plein de bulles et de béatitude.

Resté seul devant ses toiles, Victorien chercha Prince du regard. L'oiseau grattait les lames du plancher d'un air affairé.

— Merci, Prince. On va rentrer à la maison tout à l'heure. C'est Claude et Arthur qui vont être contents.

Le cacatoès tourna la tête, gonfla les joues et gloussa.

Victorien partit vers la rue Royale le perroquet dans les bras, sous l'œil éberlué des passants. Claude fut plus étonné encore en ouvrant la porte.

— Monsieur Victorien ! Vous avez trouvé Prince ?

— Il était dans mon atelier. Je ne sais pas comment il y est arrivé, mais l'essentiel est qu'il retrouve son chez-lui.

Le vieil homme hocha la tête, s'efforçant de reprendre ses esprits.

— Vous avez raison, monsieur. Peut-être vous a-t-il suivi ?

— Ce serait étrange. Je n'ai pas quitté la maison depuis dix jours.

Le majordome baissa les yeux.

— C'est monsieur Arthur qui va être content. Il s'inquiétait beaucoup pour lui.

— Je l'appelle. Et prévenez Marie qu'il dînera avec nous ce soir.

En entrant dans le salon, le tableau de son grand-père lui fit regretter son absence. Adalbert avait été stupéfait que le palais des Beaux-Arts acceptât l'installation de son petit-fils.

— Tu es certain que ce n'est pas à cause de ton nom ? avait-il demandé.

La réflexion était sortie naturellement, sans aucune malice ; Victorien, dont c'était la première œuvre agréée, en avait été très blessé. Les yeux peints d'Adalbert le dévisageaient toujours. Il décida d'y lire de la bienveillance. « Tu ne comprendrais peut-être pas, grand-père, pensa-t-il, mais, aujourd'hui, mon travail a été reconnu et je sais que tu comprends cette notion-là. »

Il cherchait par quel bout raconter ses péripéties à ses frère et sœur quand une voix résonna dans le hall.

— Prince est revenu ? Où est-il ?

La voix de Claude, une cavalcade dans l'escalier, puis les caquètements du perroquet signalèrent à Victorien la chaleur des retrouvailles. Arthur entra dans le salon avec une mine d'enfant heureux, l'oiseau agrippé à son index.

— Vous êtes devenus inséparables, jeta Mathilde qui arrivait sur ses talons.

Le vacarme d'Arthur l'avait arrachée à sa chambre. Le cacatoès avait réapparu Dieu sait comment rue Royale. À croire que cette damnée bestiole était attachée par un élastique.

— Il me comprend.

Arthur n'ajouta pas qu'il comprenait l'affection de son grand-père pour l'oiseau, mais il le pensa et il en fut le premier étonné. Reprenant ses esprits, il fit une pirouette :

— N'oublie pas que Prince est mon ticket gagnant ! Dès demain matin, je retourne à l'agence, on va prendre cette foutue photo et signer notre premier contrat plein de zéros.

Arrivé le dernier, Martin fut le premier à louer l'ingéniosité de son beau-frère et proposa un verre en l'honneur du futur artiste en vogue. Il sortit un paquet de chips et des bières pour tout le monde, décapsula une bouteille et la tendit au roi de la fête.

— Même Dorgelès[1] n'aurait pas osé ! Et tu vas voir que c'est toi qui relèveras le défi d'Adalbert le premier.

Victorien avala sa gorgée de travers. Le testament lui était complètement sorti de la tête. Pour être honnête, il ne s'était jamais senti concerné par l'ultimatum d'Adalbert. Il se savait trop peu entreprenant pour gagner le premier sou exigé ; pas un seul instant, depuis la visite de Max Hévrard, il n'avait pensé à la valeur du tableau ni à sa cote personnelle.

Le sourire de Sophie s'effaça. Elle non plus n'avait jamais envisagé cette conclusion et elle en avait honte : finalement, Robert était le seul à avoir cru dans le potentiel de Victorien. Elle jeta un regard furtif à Martin qui fit mine de ne pas le voir et elle fut un peu soulagée. Ce n'est pas lui qui dénoncerait leur projet de kidnapping, mais leur plan lui semblait moribond : Claude allait couver Prince comme un nouveau-né.

Mathilde restait assise à l'écart. Elle avait trinqué à contrecœur. Si elle se réjouissait pour son frère, elle s'inquiétait pour ses propres affaires. Les noix de jacquier auraient dû arriver à Lille depuis deux jours au moins, mais un message du producteur annonçait un « léger retard ». L'expression lui crispait les nerfs. Un *léger* retard, ça n'existe pas. On est à l'heure ou on est en retard, voilà tout, et la livraison était en retard

1. En 1910, l'écrivain Roland Dorgelès et trois de ses amis firent peindre une toile par un âne en attachant un pinceau à sa queue, puis ils exposèrent l'œuvre, l'attribuant à un certain Joachim-Raphaël Boronali. Le tableau enthousiasma les critiques d'art.

de deux jours au moins, soit quinze pour cent du délai annoncé. C'était énorme. « Si je prenais quinze pour cent de poids en plus, je ne serais pas *légèrement* grosse, fulmina-t-elle, je serais carrément obèse. » Elle avala une poignée de chips pour se calmer. Tout allait bien se passer, les fruits étaient en route, ils finiraient bien par arriver. Les bateaux ne coulent plus de nos jours, et les pirates ne s'intéressent qu'aux yachts de luxe. Il n'y avait aucune raison pour qu'un porte-containers ne traverse pas la moitié du globe sain et sauf. Non, vraiment, aucune raison.

J'avais imaginé pas mal de scenarii, mais pas Victorien coiffant ses frère et sœur au poteau avec son bric-à-brac ! Si j'avais su... Si j'avais su, eh bien, j'aurais écouté Michel, j'aurais acheté il y a vingt ans quelques bricoles de ce genre pour investir et je les aurais collées à la cave pour ne pas les voir. Leur revente m'aurait sans doute permis de construire une nouvelle aile pour l'usine.

Avec le recul, je réalise que Michel était un visionnaire. Je l'ai rencontré en 1988, par un hasard complet : nous étions tous deux invités à un dîner chez le préfet. Je me suis souvent demandé pourquoi les préfets se croient obligés d'inviter les « notables » à dîner. Peut-être veulent-ils nous garder à l'œil au cas où l'idée viendrait à l'un ou l'autre de devenir anarchiste et de poser une bombe ; pourtant, en deux cents ans de République, aucun gros industriel ni aucun banquier n'a retourné son veston de façon si spectaculaire.

Michel était mathématicien et artiste, deux statuts tout à fait compatibles : Robert-Houdin était à la fois ingénieur et magicien. Michel était aussi très avenant, et nous sommes restés en contact. Quelques mois plus tard, il m'a présenté son dernier travail. Inutile de préciser que j'ai détesté. C'était une sorte de néon géant qui s'allumait ou s'éteignait en fonction des données d'un baromètre électronique auquel il était relié.

— C'est l'avenir de l'art ! affirmait Michel.

Il se serait bien entendu avec Victorien. Mieux que moi, en tout cas : je ne comprends toujours pas comment la direction du palais des Beaux-Arts a pu accepter l'installation de cette pile de vieux livres au milieu d'une salle à l'architecture dix-neuvième.

22

OÙ UN PINGOUIN GAGNE LA MANCHE

10 janvier
Sainte Floride, martyre bourguignonne (et dont on peut se demander comment son nom baptise seize siècles plus tard un bout de terre américaine)

Arthur n'appela pas et ne prit pas rendez-vous. Il sauta dans son pantalon, puis sur son scooter et roula jusqu'à l'agence, Prince glissé bien au chaud dans son sac à dos. Claude l'avait laissé partir à contrecœur.

— J'en suis responsable devant le notaire, monsieur Arthur !

Arthur avait failli lui répondre que lui ne laisserait pas s'envoler un oiseau qui valait deux cent trente millions d'euros, dût-il l'attacher avec du sparadrap, mais il s'était retenu. Le majordome semblait trop chiffonné par l'escapade de son protégé.

À dix heures pétantes, il sonnait à la porte de Cookies. Personne ne répondit. La voix sensuelle de Madonna perçait dans le couloir, parlant d'amour, de temps gaspillé et de gentillesse. Arthur appuya, un peu plus longtemps cette fois, sur la sonnette. Au bout d'une minute qui lui sembla une heure, la porte s'entrouvrit et Thomas apparut. Il mâchonnait un bâton de réglisse, et son tee-shirt annonçait en lettres anglaises TOTAL KO.

— Bonjour, dit-il d'une voix désinvolte.

— Bonjour. Mon perroquet va mieux et je reviens pour la photo.

Thomas fronça les sourcils.

— Oh ! Désolé, on a signé avec un pingouin.

— Un pingouin ?

Le communicant haussa les épaules.

— Le client était pressé. On est en 2017, mec. Un jour, c'est un mois, hein ? Mais ton oiseau est vraiment chouette. Salut.

Avec un petit signe de tête, il referma la porte. Arthur resta figé devant le battant, noyé dans la voix de Rihanna. Là, c'est moi qui aurais bien besoin d'amour, songea-t-il avant de tourner les talons. Il s'était rarement senti aussi humilié de sa vie.

— Tu te rends compte qu'on t'a préféré un pingouin ? murmura-t-il à Prince.

Semblant s'associer à l'indignation de son maître qui continuait à monologuer, l'oiseau dressa sa huppe et secoua sa queue.

— Quelle bande de débiles ! Un pingouin Il ne sait même pas parler. Avec toi, ils pouvaient faire des vidéos. L'intelligence ne paye pas, on dirait.

Au bout de la rue, il aperçut la Vieille Bourse, et son moral remonta : l'immeuble était connu de tous les Français, peut-être même des Anglais et des Belges. Sa façade tarabiscotée formerait le décor idéal pour une photo décalée. Il changea quatre fois de place avant de trouver l'angle voulu, mais il était de nouveau très content de lui lorsqu'il partagea la story sur Instagram.

Il le fut moins quand il vérifia son compte une heure plus tard. La récolte de *likes* était maigre, une centaine à peine, et aucun commentaire. La ferveur suscitée semblait s'être dégonflée comme un vieux ballon. Avec amertume, il se rappela la phrase de Thomas. Trois jours sans photos sur les réseaux sociaux, c'était comme trois ans. Instagram n'était peut-être pas le meilleur moyen de devenir millionnaire.

Il lui restait un joker : Laura. Ses lèvres pulpeuses ramèneraient dare-dare une bonne centaine de *followers*. Mais quand elle apprit qu'il lui proposait de la rejoindre sur la Grande Place pour poser en débardeur de soie sur un banc public, elle lui raccrocha au nez.

Il hésita à appeler Martin. Son beau-frère si calme, si réfléchi lui apparut le meilleur conseil et il se décida à taper son nom.

— Pourquoi tu n'aiderais pas ta sœur ?

La suggestion le fit trébucher sur un pavé. Sa sœur ? Jamais il ne travaillerait avec cette folle. Il allait plutôt se concentrer sur son vrai métier : agent artistique. Dès ce soir, il retournerait écumer quelques boîtes.

***

Mathilde n'en croyait pas ses oreilles. La voix pleurnicharde venue du bout du monde lui annonçait l'impensable :

— Ayam sori, Missise, veri sori.

Elle retint un hoquet de rage et jeta son téléphone sur son lit. Les noix de jacque étaient perdues quelque part dans un port sur la côte africaine. Le *Dolly-Mary* avait dû faire escale pour des réparations en urgence, et toute sa cargaison avait été bonne à jeter. Parce que les bananes n'attendent pas, avait expliqué Prakash Basu. Dès qu'elles mûrissent trop, hop ! elles dégagent un gaz et hop, hop, hop ! elles mûrissent de plus en plus vite et elles s'autocontaminent. Elles peuvent même exploser. Le petit business de Mathilde s'était décomposé en marmelade géante dans le ventre du *Dolly-Mary* et nourrissait sans doute les poissons de la mer Rouge.

Elle en aurait pleuré, mais c'était une mauvaise idée : il fallait trouver un plan B, c'est-à-dire une bonne excuse à servir à ses clients pour ne pas perdre la face, puis trouver un autre moyen de relever le défi d'Adalbert. L'expérience vécue lors de son premier démarchage auprès d'un restaurant gastronomique du centre-ville lui restait en travers de la gorge. Elle était arrivée à dix heures, persuadée d'être à l'heure convenue. Le chef l'avait reçue fraîchement.

— Je vous avais dit de venir à l'ouverture.

Il avait regardé son manteau de fourrure, ses talons vernis et avait ajouté :

— On n'est pas une boutique de fringues, nous. On est en pleine mise en place, là. Repassez demain.

Le lendemain, il était aux abonnés absents et elle avait dû discuter avec le second, qui lui avait dit ne pas pouvoir prendre une décision aussi importante sans le chef. Elle était revenue une troisième fois, en jeans et en baskets, pour convaincre le cuisinier récalcitrant. Une humiliation qu'elle refusait d'avoir subie pour du vent.

Le portable éteint semblait la narguer au milieu du lit. Elle se gratta les ongles, défit et refit son chignon, puis se décida à exploiter à visage découvert les compétences de son mari. Elle reprit son téléphone et appela Martin. Il lui répondit avec son calme habituel.

— Propose-leur de leur fournir des fruits frais et locaux déjà découpés.

— Mais ça n'a rien à voir !

— Bien sûr que si. Premièrement, le local est en pleine explosion (Mathilde grimaça), deuxièmement, ce genre d'établissement court toujours après la nouveauté, troisièmement, les nouveautés proposées doivent attirer les clients. Et le local attire les consommateurs. En vendant aux chefs des produits prêts à l'emploi, tu leur fais donc gagner du temps et de l'argent.

— Mais comment je justifie la perte des noix de jacque ?

— Tu leur dis que l'Inde vient d'instaurer un embargo sur les exportations. Comme ce pays produit la meilleure qualité, tu préfères y renoncer plutôt que leur vendre des fruits de qualité inférieure ou dont tu ne maîtrises pas la traçabilité. Appelle Francis à l'usine, il te fournira tout ce que tu veux en fruits et légumes. La ligne de découpe vient d'être lancée, aucun restaurant ne la connaît ; pour l'instant, on ne travaille qu'avec des collectivités ou des supermarchés.

Un grand sourire éclaira le visage de Mathilde.

— Tu es génial. J'ai bien fait de t'en parler.

Martin sourit à son tour.

— On gagne toujours à partager ses soucis.

Tous les écrivains connaissent le syndrome de la page blanche et tous s'accordent à donner le même conseil pour le vaincre : écrire. N'importe quoi. Il faut prendre son stylo et cracher tout ce qui vous passe par la tête, sans attendre l'« inspiration », car l'inspiration n'existe pas. Il n'y a que des idées, bonnes ou mauvaises, dont la qualité s'éprouve sur le terrain.

C'est exactement la même chose pour les affaires. Le génie n'existe pas. On essaye une idée, puis une autre et encore une autre, on retourne chacune à tâtons dans tous les sens jusqu'à trouver celle qui présente un verso aussi intéressant que son recto. Mathilde a mâchouillé une première idée, puis une deuxième, elle a tiré sur ses petits bouts de ficelle et finira par attraper celle qui tiendra ses promesses. Cette petite a toujours eu de la chance et du bon sens. Même s'il était un peu noyé sous son fond de teint. À huit ans, elle était mignonne à croquer, à dix-huit ans, elle était à claquer. À trente ans, elle sera sans doute acceptable.

Ces jeunes, ça croit tout savoir sous prétexte qu'ils ont Wikipédia*, mais ils tombent de la lune quand ils voient leur grand-mère boire du champagne au petit-déjeuner ou tirer au fusil de chasse sur des cambrioleurs. Ce n'est pas parce qu'on est vieux qu'on est fossilisé.*

23

Où l'on suit un cours de décoration intérieure

15 janvier
Sainte Rachel, femme de Jacob et héroïne de romance avant l'heure puisque son mari tomba amoureux d'elle au premier regard

Mathilde arrêta sa voiture au milieu de l'allée, là où le sol était le moins boueux. Le conseil de Martin l'avait enthousiasmée, puis le doute l'avait grignotée et elle avait repoussé au lendemain sa visite à la manufacture, ensuite au surlendemain et encore au jour d'après. Le quatrième jour, elle avait vu les trophées d'Adalbert posés sur l'étagère de la bibliothèque et elle avait eu honte d'elle-même. Elle avait pris son sac, ses clés de voiture et la route de la conserverie, avec l'impression désagréable de faire un saut dans le temps. L'année de son bac, Adalbert lui avait demandé de venir travailler un mois sur les chaînes de légumes. Elle avait décliné.

— Ça te donnera le goût du travail, avait-il insisté.

Son refus boudeur avait déclenché une colère épique. Elle entendait encore le vieillard tonitruer dans l'escalier :

— Baltringue !

Assise dans sa chambre, au pied de sa porte, le casque bien planté sur les oreilles, elle s'était contentée de monter le son, et la voix de Julien Doré avait vite couvert celle de son grand-père.

Les hangars étaient exactement comme dans ses souvenirs : bas, gris, laids, dressés au milieu de champs nus barbouillés de haies racornies. Elle ouvrit la portière et jaugea le terrain avant d'y poser ses pieds avec précaution, puis, zigzaguant entre les flaques pour épargner ses escarpins, elle courut jusqu'au bâtiment principal. L'accueil était désert. Un ficus et trois fauteuils club en skaï, posés sur le carrelage au motif pâté-de-tête, peinaient à lui donner un air coquet.

— Il y a quelqu'un ?

Ni le ficus ni les fauteuils ne répondirent. Elle allait entrer dans le premier bureau à sa droite quand une voix grondeuse, dans son dos, la fit sursauter.

— Z'avez rendez-vous ?

— Francis !

La grosse moustache se souleva, et un sourire se glissa entre les rides du vieil homme.

— Ben, ça alors, mademoiselle Mathilde ! Ça fait rudement plaisir de vous voir.

Elle serra la pogne râpeuse du contremaître en lui rendant son sourire, accepta un gobelet de café et, appuyée au distributeur automatique, lui expliqua qu'elle venait discuter affaires. Et en particulier parler de la ligne de découpe, qui, elle en était persuadée, pouvait aller loin. Francis l'écoutait en mâchant sa touillette.

— Le patron pensait que cette ligne, c'était l'avenir. Faut croire que les chiens font pas des chats. Dommage, quand même, que vous soyez pas venue nous voir plus souvent. Je sens que vous avez des idées, et ça, c'est précieux, surtout en cette période. C'est plus ce que j'ai connu quand j'ai commencé.

En un quart d'heure, il lui brossa le tableau : la concurrence aux aguets, les temps de transport qu'il fallait réduire sans cesse pour garder les clients, les normes administratives à anticiper... Mathilde écoutait d'une oreille, distraite par la couleur des murs. Aucun magazine de décoration ne remettrait jamais en vogue ce bleu improbable.

— C'est grâce à votre mari qu'on a pu avoir les collectivités. Le patron hésitait à répondre aux appels d'offres. Il trouvait ça trop contraignant.

— Justement, j'en ai parlé avec Martin et je crois qu'on peut s'attaquer à un nouveau marché.

Fine mouche, elle brandissait l'avis de son mari comme un joker. Le vieux contremaître fonça tête baissée.

— Dites-moi tout.

D'abord, elle voulait voir la chaîne de découpe, cette merveille dont on lui disait tant de bien. Il l'entraîna vers le nouveau bâtiment. À regret, elle enfila une charlotte, des chaussons et une sorte de cape en papier blanc et suivit le contremaître. Là aussi, elle aurait bien mis un coup de peinture sur le sol en béton.

— Vous n'avez jamais pensé à peindre les murs en vert tilleul ? demanda-t-elle brusquement.

Francis écarquilla les yeux.

— Pour quoi faire ? C'est mieux pour la sécurité ?

— Non. C'est... rien.

La pluie tambourinait sur le toit de tôle, mais le bruit ne semblait pas gêner les ouvriers. Les bâtonnets de carottes s'entassaient rapidement dans les barquettes, tandis que les trognons de légumes étaient relégués du revers de la main sur un deuxième tapis roulant, fixé sous le plan de travail.

— Ce sont les déchets ?

— Oui. Le tapis les emporte jusqu'aux bacs.

— Et ensuite ?

— La pépinière Van Jertz les récupère tous les soirs pour faire du compost. On ne jette rien, on est labellisés entreprise verte, dit le contremaître fièrement.

Mathilde fronça les sourcils.

— C'est valorisé ?

Le mot était sorti malgré elle et elle en fut presque aussi surprise que le vieux contremaître.

— Ben non.

Il ne voyait guère comment vendre des déchets. Tout l'héritage Sainte-Sévère remonta chez Mathilde : le souci de faire les choses correctement, le respect des règles, le goût de l'économie, le culte de la performance. Ces grignons d'endives et de carottes, là, partant gratis à la poubelle, froissaient son sens de l'efficacité. Elle tira sur sa coiffe qui lui grattait le front. Une ou deux mèches de cheveux lui tombèrent sur les yeux. Il y avait certainement quelque chose à faire, mais elle y penserait plus tard. Elle se concentra sur les explications de Francis.

Lorsqu'il eut détaillé toutes les caractéristiques techniques de la ligne, son débit, ses atouts, ses réglages, son alimentation, elle lui exposa à son tour son projet. Il l'accueillit avec un tel enthousiasme qu'elle faillit lui confier son idée de repeindre l'accueil en vert-de-gris et d'y installer quelques canapés – crème et vert forêt – assortis d'une jolie suspension en bambou, puis se ravisa. Chaque chose en son temps.

C'est une heure plus tard, coincée dans les bouchons à l'entrée de la ville, qu'elle comprit le potentiel des trognons de légumes et elle se mit à chantonner toute seule face à un feu rouge. Cette fois, elle devrait convaincre Arthur de travailler avec elle. L'idée, inconcevable une semaine plus tôt, ne lui semblait plus saugrenue.

***

Marie posa l'aspirateur à l'entrée de la chambre et ouvrit les fenêtres. Une vague d'air gelé envahit la pièce. Victorien et Sophie avaient retrouvé leurs pénates depuis plusieurs jours, Sophie avait refait le lit, comme toujours, en partant, mais la cuisinière mettait un point d'honneur à faire chaque pièce à fond une fois par semaine. Elle secoua les rideaux et passa les meubles un à un au plumeau. Elle roula le petit tapis à fleurs et l'attrapa à bras-le-corps pour le secouer par-dessus la balustrade. La manœuvre la fit un peu souffler. « Je ne vais pas en rajeunissant », songea-t-elle. Cinquante ans et des poussières, voilà où elle en était. Cinquante-quatre ans exactement. Bientôt la soixantaine et, avec elle, l'âge de la retraite. Pourvu qu'elle puisse passer ces dernières années ici. Le caractère de chacun des « petits », les manies de Claude, les meubles un peu trop hauts de la cuisine, les recoins du salon... Elle s'était faite à tout cela, elle le connaissait même par cœur. Elle détestait une seule chose : la grosse horloge de la cuisine. Ce soir, elle demanderait à Claude si on pouvait la mettre à la cave, avec les vieux cartables des « petits » et les services d'assiettes dépareillés. Tant pis si c'était un souvenir de monsieur Adalbert, ce tic-tac lancinant lui donnait des palpitations quand il résonnait le soir dans la cuisine silencieuse. Elle remit le tapis à sa place et referma les fenêtres. La chambre retrouva instantanément son atmosphère coquette. Satisfaite, la cuisinière tira son aspirateur jusqu'à la chambre d'Arthur. Ici, l'occupant, parti la veille, semblait avoir fui un incendie. La lampe de chevet avait été débranchée pour laisser sans doute place au chargeur de portable, le tapis gondolait sur le plancher, les rideaux étaient fermés. Une chaussette en boule veillait derrière la porte. Marie ferma les yeux, sa bouche forma un rond désolé. L'année dernière, le petit-fils d'Adalbert avait même laissé un père Noël gonflable au pied du lit.

— Vous avez besoin d'aide, Marie ?

Par-dessus l'épaule de la cuisinière, le vieux majordome considérait la chambre d'un œil écœuré.

— Non, merci, Claude. J'en ai pour une demi-heure à peine.

Elle se retourna, le plumeau en l'air.

— Dites, qu'est-ce qu'on fait pour Prince ?

— Le problème me semble réglé. Tout ce qui importe à madame Sophie, c'est la réussite de monsieur Victorien et il va être exposé dans le monde entier. L'héritage ne lui est plus indispensable. Alors, Prince... il va devenir le cadet de ses soucis.

— Vous en êtes sûr ?

— Quasiment, Marie. Je garderai un œil tout de même, rassurez-vous.

La santé du cacatoès était loin d'être une préoccupation majeure pour la cuisinière, mais elle n'aurait pas supporté le chagrin de Claude. S'il n'était plus inquiet, alors, elle non plus. L'esprit léger, elle s'engouffra dans la chambre d'Arthur et brancha l'aspirateur.

Tout le monde n'a pas la chance de rencontrer une Marie, j'aimerais que certains en aient conscience. Qui nettoie, lave, range, époussette ? Marie. Qui cuisine, console, s'inquiète ? Marie. Cette femme réussit même sa moutarde maison, c'est dire.

La seule fois où j'ai frappé l'un de mes petits-enfants, c'est le jour où Mathilde a dit à son frère :

— Demande à la bonne.

Elle avait dix ans ; elle s'est pris la première et la dernière claque de sa vie.

Encore quelques semaines et les petits sauront de quoi ils sont capables et j'aurai enfin l'esprit tranquille. Il serait temps ! Il ne faut pas oublier que j'attends toujours ma retraite, moi : à soixante-deux ans, je me suis retrouvé avec trois mioches à bercer. Bon, ils n'avaient plus l'âge des comptines ni des couches, mais j'ai dû surveiller les devoirs, moucher les nez, signer les sorties, organiser les anniversaires, suivre les compétitions de judo et de natation. Je me suis même fadé les réunions parents-profs avec des gamins donneurs de leçons qui avaient l'âge d'être mes enfants, tout ça au lieu de faire des parties de jeu de fer[1] *avec Claude ou relire Maupassant. Croyez-moi, il y a un âge pour chaque chose et j'avais passé l'âge de gérer des marmots. La preuve : ils ont failli finir à l'état d'ectoplasmes.*

1. Le jeu de fer est une sorte de billard. Il se joue sur une table tout en longueur, avec des palets et une queue. Aujourd'hui typique des estaminets tournaisiens, il serait né à Lille.

24

De l'art oratoire (et de ses déboires)

14 février
Saint Valentin, bienfaiteur des fleuristes, des chocolatiers, des bijoutiers et des restaurateurs

Francis avait regardé Mathilde avec des yeux ronds avant d'accepter de lui ouvrir le fichier « fournisseur ». Pendant un mois, elle avait harcelé les imprimeurs pour obtenir des devis, cherché un graphiste pour créer le dessin des étiquettes. Ses premières propositions lui avaient cassé le moral : c'était ringard, plan-plan, moche. Elle avait appelé le malheureux et lui avait demandé de venir à l'usine pour un « retour sur son travail ». Elle lui avait alors expliqué qu'il ne s'agissait pas de jouer à *Retour vers les années 90*.

— Je veux du peps, du clin d'œil ! Un truc de grand-mère, mais pas un truc de pépé ! avait-elle lancé au dessinateur mortifié.

Elle avait surtout dû convaincre le conseil d'administration d'investir quelques dizaines de milliers d'euros dans ce nouveau produit, si éloigné de l'ADN de la conserverie. Puis elle avait insisté pour convoquer l'ensemble du personnel, secrétaires, magasiniers, commerciaux, contrôleurs de qualité, gardiens de nuit. Oui, même les gardiens de nuit, les puéricultrices de la crèche d'entreprise et les cuisiniers du restaurant collectif.

Tous n'avaient pas pu venir, certains étaient en vacances, d'autres étaient restés au chevet des lignes, mais, cet après-midi, la grande salle du cinéma Sainte-Sévère était comble. Six cents paires d'yeux dévisageaient Mathilde debout au centre de la scène. « Pourvu que mon *smocky* ne coule pas », pensa-t-elle.

— Bonjour à tous...

La peluche rouge des fauteuils étouffa sa voix. Elle toussota et reprit, un peu plus fort :

— Certains ne me connaissent pas bien, mais beaucoup d'entre vous ont connu mon père, et, tous, vous avez connu mon grand-père. Les conserves Sainte-Sévère sont une affaire de famille et vous en faites partie.

Ses premières phrases tombèrent dans un silence poli. Elle l'ignora et reprit, un ton plus fort :

— Je souhaitais donc que tous, quel que soit votre rôle dans l'entreprise, vous soyez au courant de son avenir et de ses prochaines évolutions.

— Vous allez licencier, c'est ça ?

Un homme s'était dressé d'un jet au milieu des sièges. Elle ne distinguait pas son visage, mais, à en juger par ses bras croisés et sa voix grondante, il s'annonçait tout sauf cordial.

— Absolument pas.

— Les flatteux et les menteux, ça va bien ! Dites combien !

Annie, assise au premier rang, pivota d'une pièce à la manière d'un porte-avions.

— Et de braire, Lucas, te cros que ch'est mieux ? Écoute donc el patronne ! Faites pas attention, madame Mathilde. L'est comme les chiens : il aboie, mais il mord pas.

Quelques rires traversèrent l'assistance, Lucas rougit, bougonna et se rassit. Mathilde se pinça le nez pour cacher son sourire.

— Nous n'allons pas licencier, Lucas, nous allons vendre encore plus. Et peut-être pouvoir augmenter votre prime de fin d'année.

Et elle dévoila son projet à l'auditoire médusé. Quand elle descendit de la scène, elle était en nage. L'assemblée se leva, agitée et chuchotante.

— Vous avez été très bien, madame Mathilde, assura Annie en lui tapotant l'épaule. Votre grand-père serait joliment fier.

Mathilde était plutôt satisfaite de la façon dont elle avait géré l'interruption furieuse du syndicaliste, l'EDHEC n'ayant jamais organisé aucune simulation de négociation avec le personnel. Restait le plus difficile : persuader son fainéant de frère de travailler.

***

Assise devant son café qui refroidissait, Sophie avait le moral dans les chaussettes. Elle avait profité de sa pause déjeuner pour s'installer en terrasse et avait avalé un sandwich au poulet où la mayonnaise apparaissait à l'état d'ectoplasme. Le retour du perroquet lui restait sur l'estomac. Si seulement Martin avait accepté de suivre son idée ! Un petit coup de parfum sur le bec de Prince pour l'étourdir avant de le glisser dans un sac, ils l'auraient déposé au bois de Boulogne où il serait devenu copain avec les ibis et les cariamas huppés du parc, et voilà, on n'en parlait plus. Au lieu de ça, le cacatoès se pavanait dans toute la maison et sifflait « Gare à la drache[1] ! » dès qu'il la croisait. Victorien s'était enfermé dans son atelier, il peignait, soudait et stressait, mais n'avait pas tiré un kopeck de ses œuvres. Quant à Robert, il avait disparu entre Paris et Tokyo et, quand elle l'appelait, elle tombait toujours au mauvais moment : il arrivait chez un galeriste, à l'aéroport ou à la caisse d'un grand magasin. Elle ? Eh bien, elle, elle empilait les tableaux Excel et les réunions. Et elle avait envie de pleurer.

Les cloches de Saint-Michel sonnèrent deux coups secs dans son dos. Elle resserra ses mains gelées autour de sa tasse. Quatorze heures. Il était temps de retourner au bureau. Les joues paralysées de froid, elle se mit à rêvasser en lorgnant une petite boutique de l'autre côté de la place.

Elle se leva, paya, prit son sac et traversa la rue. Une clochette tinta quand elle poussa la porte de la vitrine de poupée. Derrière la caisse, le gérant redressa la tête.

— Bonjour, madame.

Elle salua à son tour et longea les tables, feuilletant les livres au hasard. Elle reconnut un titre, qu'elle glissa au creux de son coude, puis un autre, qui rejoignit le premier, et encore un, autant que ses bras pouvaient en supporter. L'église annonçait trois heures quand elle quitta la librairie. Elle courut jusqu'au cabinet Reach & Others, s'engouffra dans l'ascenseur et se glissa à son bureau. Murielle était en réunion ; une forêt de mémos recouvrait son écran. Elle s'assit, poussa le sac de livres sous

1. Pluie battante, en ch'ti.

sa table et hésita à se moucher dans les petits carrés de papier. Les épaules basses, elle ouvrit sa messagerie.

Elle fut l'une des premières à partir à dix-huit heures. Le trajet jusqu'à la rue des Vieux-Murs lui parut durer une journée. Dans l'escalier, elle serrait de toutes ses forces le sac en papier de la librairie, salivant à l'avance.

Victorien trouva la cuisine éteinte, la table nue et sa femme pelotonnée sous un plaid sur le canapé.

— On va au restaurant ?

Elle releva la tête, étonnée.

— Pas que je sache, pourquoi ?

— Tu n'as pas préparé le dîner...

— Ah ? Non, je n'ai pas eu le temps. Tu peux faire une omelette.

Et elle retourna à son roman.

***

La musique n'était ni pire ni meilleure qu'un autre soir, la boîte était blindée de filles à l'IMC prometteur, mais Arthur passait une mauvaise soirée. Rien n'était à son goût. Il avait renvoyé la bouteille de champagne pour une de vodka, dont la qualité s'était avérée désastreuse et avait nécessité un nouvel échange en urgence. Le groupe annoncé s'était désisté au dernier moment, et le DJ, généralement porté sur l'électro, s'était pris de lubie pour les années 1980, imposant des rengaines qui auraient lassé même sa belle-sœur.

À deux heures du matin, il se pencha vers son copain Léon et lui hurla dans l'oreille :

— On bouge !

Léon, qui tenait une grande brune dans une main et un verre dans l'autre, se trouvait fort bien.

— Mais non, profite.

— Arrête, c'est naze !

— Ça sera blindé partout et je suis à sec, gémit Léon. J'aurais pas de quoi reprendre une bouteille ailleurs.

Cinq morceaux plus tard, Arthur estima qu'il avait subi assez de disco pour les dix prochaines années. Il se leva, récupéra sa veste au vestiaire et alla sonner chez Laura, qui lui ouvrit de fort mauvaise grâce. Elle était prête à beaucoup de choses pour accéder au compte en banque des Sainte-Sévère, mais l'investissement commençait à lui paraître conséquent.

— Qu'est-ce que tu veux ?

— Je vais manger un truc en ville. Tu m'accompagnes ?

Arthur avait lancé l'accroche un peu au hasard. Manger, dormir ou danser, finalement, peu lui importait, il voulait surtout de la compagnie. Laura était en jogging et fort marrie d'être surprise si peu à son avantage. L'idée d'enfiler une microjupe, un top et de se tartiner de fond de teint dépassait ses forces. Elle tenta de gagner du temps.

— À cette heure-ci ? Tu es sûr ?

— Ben oui, pourquoi ?

Laura réfléchit un quart de seconde et déclina. En refermant la porte sur Arthur, elle se dit qu'elle venait sans doute de déchirer un chèque en blanc. Tant pis, elle en trouverait un autre. Dans la région, ce n'était pas les riches héritiers qui manquaient. Elle retourna se coucher en bâillant.

Quand un patron parle aujourd'hui de « faire évoluer l'entreprise », les employés pensent tout de suite licenciements et délocalisation pour engranger plus en payant moins. Le petit Lucas fait son énervé, mais il n'a rien à craindre chez nous, même si la région ne manque pas de précédents depuis le plan des Charbonnages en 1963. À l'époque, le gouvernement avait déjà compris qu'on n'avait pas de pétrole ; il a eu des idées : il a ouvert la première centrale nucléaire. Ça sentait le sapin pour la houille. Le ministre de l'Industrie a lancé son plan pour faire baisser la production de charbon, et, bien évidemment, les augmentations de salaire ont été refusées en bloc. Les gars n'ont pas apprécié. Soixante-dix mille gueules noires ont défilé dans les rues de Lens. Imaginez la marée humaine ! Les mineurs avaient grogné tout l'hiver, mais ils l'avaient joué malin et ils avaient attendu le redoux de mars pour arrêter la production une semaine. La population les a soutenus. Même les ingénieurs ont suivi. Nos ouvrières apportaient des conserves aux familles. Bilan : la grande grève s'est terminée par une réquisition signée du général de Gaulle. Les plans se sont succédé, le général est parti, les gouvernements aussi, et les mineurs ont suivi. Le dernier puits a fermé en 2004.

C'est l'avantage de vendre des conserves : on peut remplacer le charbon par le pétrole ou fabriquer des culottes sans dentelle de Calais, mais les gens ont toujours besoin de manger, personne n'a trouvé de solutions de rechange aux fruits et aux légumes. Au contraire, plus ça va et plus on en mange. Les Conserves Sainte-Sévère ne sont pas près de voir la queue d'un « plan de restructuration », comme on dit aujourd'hui. Lucas peut me faire confiance et ficher la paix à ma petite-fille.

25

Où des dons particuliers se révèlent

15 février
Saint Euseus, ermite et cordonnier émérite, heureux protecteur d'un sanctuaire éponyme à Serraval (Piémont)

Ahmed était flic, heureux de l'être, mais il détestait les patrouilles en fin de nuit. C'était l'heure où l'on glissait sur les flaques de vomi et où les trottoirs sentaient l'urine. Dix années d'ancienneté et des galons de brigadier n'avaient pas vacciné son odorat. Il avait échappé à la nuit de la Saint-Sylvestre, pas à celle de la Saint-Valentin, un moindre mal, les amoureux préférant rentrer chez eux avant de se répandre sur la voie publique.

Le service avait été paisible et, à quatre heures et demie, Ahmed voyait approcher la fin du pensum avec soulagement.

— On se fait un dernier tour et on rentre, suggéra le chef de patrouille.

Il frotta ses mains froides en pensant à sa femme, bien au chaud dans leur lit, et accéléra le pas, entraînant ses deux collègues. Pour une fois, le quartier des soiffards était calme. La rue Masséna était déserte ; rue Solférino, une poignée d'étudiantes qui braillait les invita à les suivre en after. Ils déclinèrent sans perdre de temps à les sermonner. Elles marchaient encore à peu près droit et devraient trouver le chemin de leur lit.

Les choses se corsèrent place de la République. Quelques silhouettes emmitouflées dans des doudounes longeaient le boulevard de la Liberté, mais un homme, les bras écartés, parlait tout seul devant le bassin.

— Lui, il n'a pas l'air tranquille, estima Steve.

Ahmed s'approcha. L'homme était jeune, habillé comme un dandy. Il avançait, puis reculait en apostrophant les trois grosses sculptures de la fontaine.

— Vous cherchez quelque chose, monsieur ?

Arthur lui fit un gentil sourire.

— Pas du tout ! Je rends hommage au génie de mon frère et de mon grand-père.

— Votre frère est dans la fontaine ? s'inquiéta Steve.

— Mon frère est partout, c'est un génie. Il était ici ; bientôt, il sera en Amérique. Et mon grand-père a bâti ce musée, voyez-vous.

Il tendit les bras vers une aile du palais.

— Cette fenêtre-ci, et celle-là, c'est nous. Elles sont belles, hein ? Bravo, grand-père !

— Il en tient une bonne, murmura Ahmed à ses coéquipiers.

Il tapota l'épaule du jeune homme.

— Il n'y a personne. Allez vous coucher, monsieur.

— Je dois aller au bois de Boulogne d'abord. J'ai rendez-vous avec les perruches. J'ai des choses importantes à leur dire. Elles m'aideront.

Le zoo municipal était à vingt bonnes minutes de

marche, un temps de trajet à doubler si on y allait, comme ce gus, en touchant chaque mur. Ahmed secoua la tête.

— Allez, monsieur, faut rentrer chez vous. Il fait trop froid et la Citadelle n'est pas tout près. Vous allez vous enrhumer.

— Je veux parler aux oiseaux, insista Arthur. Mon meilleur ami est un cacatoès, mais je ne peux pas le voir ce soir : il est chez lui et son tuteur ne sera pas content de me voir. Vous savez qu'ils sont très intelligents ? Ils savent même ouvrir les portes. Je vous montre.

Il s'accroupit et leva un pied, puis l'autre.

— Ils font comme ça, avec leurs petites pattes, tac, tac...

Le whisky eut plus de poids que son équilibre, et il tomba sur les fesses. Les trois policiers étaient trop fatigués pour rire.

— Si on le laisse là, ce con est capable d'aller jusqu'à la citadelle et de se coller dans la Deûle, grogna Steve.

Ahmed approuva. Il serra le bras d'Arthur.

— Allez, monsieur, venez avec nous.

— Vous avez des perruches ?

— Non, mais vous verrez plein de poulets, assura Steve.

— Ils sont aussi intelligents que les cacatoès ?

— Plus encore !

Rassuré, Arthur se mit à la remorque du brigadier et amorça un exposé sur les facultés intellectuelles des *Cacatuidae* en général et du rosalbin en particulier. Il s'endormit sitôt assis sur le banc de la cellule de dégrisement. À huit heures, un gardien de la paix le secoua et lui apporta une briquette de jus de raisin et deux biscuits secs. On lui fit signer un procès-verbal auquel il n'entendit pas grand-chose, mais selon lequel le fait de se trouver en état d'ivresse manifeste dans les lieux mentionnés à l'article L. 3341-1 était puni de l'amende prévue pour les contraventions de la deuxième classe. On lui demanda enfin s'il souhaitait qu'un proche vienne le chercher.

L'appel surprit Mathilde alors qu'elle allait prendre sa douche. Elle espéra un instant que le numéro inconnu fût celui de Prakush Basu qui voulait lui annoncer la résurrection de ses noix de jacquier et elle décrocha.

— Madame de Sainte-Sévère ?

La voix, inconnue, fleurait bon le Pas-de-Calais.

— Oui, c'est moi.

— Commissariat central. Votre fils vous attend.

Elle manqua lâcher le téléphone.

— Je n'ai pas de fils ! C'est une blague ?

— Vous êtes bien la mère d'Arthur de Sainte-Sévère ? reprit la voix, imperturbable.

— Non, sa sœur.

— Il est au commissariat. Vous pouvez venir le chercher.

La voix raccrocha. Mathilde ne chercha pas à rappeler ni à réfléchir. Elle enfila sa tenue de la veille, un manteau et fonça dans la rue. « Tu parles d'un réveil », pensa-t-elle en sautant dans sa voiture.

Elle trouva Arthur assis dans l'entrée du commissariat. Il avait la mine chiffonnée, une haleine d'alambic et la mèche ébouriffée.

— Qu'est-ce que tu fais là ?

La voix un peu râpeuse, il résuma la situation à sa sœur. Sa nuit solitaire s'était terminée dans le salon du copain d'un copain, autour d'une partie de poker infernale qui lui avait coûté huit cents euros et sa bonne humeur. Il en avait gros sur la patate. Trop énervé pour se coucher, il fallait qu'il discute avec quelqu'un. Le seul qui l'écoutait gentiment, c'était Prince. Il pensait s'asseoir devant la volière, vider son sac auprès du cacatoès et repartir en douce. Il s'était juste arrêté boire un dernier verre, et puis, de verre en verre, avait pensé, ma foi, que plusieurs cacatoès valaient mieux qu'un et avait décidé d'aller faire ses confidences aux oiseaux du bois de Boulogne. Une démarche thérapeutique interrompue par Ahmed et ses collègues.

En arriver à se confier à un perroquet était le signe d'une vie sociale moribonde. La prochaine étape serait le service des urgences psychiatriques, se dit Mathilde. C'était peut-être le moment de lui parler. Ignorant stoïquement l'odeur de distillerie dégagée par Arthur, elle le fit monter dans la voiture et le ramena chez lui. Elle avait rarement été aussi heureuse de voir la jolie machine à café rouge. Elle fit deux expressos, en colla un dans les mains de son frère et, une fois qu'ils furent assis sur le canapé en cuir blanc, elle le regarda droit dans les yeux.

— Arthur, j'ai besoin de toi.

— Pourquoi j'ai l'impression qu'on a déjà eu cette conversation ? gémit-il en se frottant les yeux.

— Cette fois, ça n'a rien à voir. Crois-moi.

— J'ai pas la tête à réfléchir. Je veux dormir.

— Tu dormiras ce soir. Écoute-moi.

***

Prince avançait au pas de l'oie sur le bord d'une étagère. Arrivé au bout de la bibliothèque, il fit demi-tour et se redressa. Le portrait d'Adalbert était juste en face de lui. Les yeux bleus toisaient les rayonnages et semblaient l'ignorer. Le cacatoès dressa le bout de sa huppe et tapota le bois du bout des pattes.

— Drôle d'histoire ! gazouilla-t-il.

Claude se retourna, agitant son plumeau.

— Sois sage, Prince, sinon je te remets dans ta cage.

— Tous aux abris, v'là le patron !

Avec un sourire en coin, le majordome reprit son ménage. Il sentait que les choses avançaient dans le bon sens. Là où il était, Adalbert devait être content.

26

De la manière pour un notaire de retrouver le sommeil

9 décembre
Dix mois plus tard
Voir le saint du jour au chapitre premier

Un soleil malicieux traversait les rideaux et illuminait le nœud papillon de maître Ozieux. Le tapis persan, les chaises en plexiglas, les piles de chemises roses et bleues Le bureau du notaire était exactement semblable à leurs souvenirs. Arthur, Martin et Sophie étaient assis bien droit sur leurs coquilles transparentes, Mathilde se tenait un peu moins droite, une main posée sur son ventre très rond. Ils avaient répondu à la convocation comme on va au service des cartes grises de la préfecture, s'apprêtant à sacrifier deux bonnes heures de leur temps en espérant que cette nouvelle tracasserie administrative serait la dernière.

— Adalbert de Sainte-Sévère nous a quittés il y a exactement un an. En me déposant son testament, votre grand-père m'a fait une demande particulière : vous réunir le jour anniversaire de sa mort. Il souhaitait vous partager un dernier document.

Cette fois, personne ne l'interrompit. Il sourit de toutes ses dents et poursuivit :

— Il est malheureux que le voyage aux États-Unis de Victorien de Sainte-Sévère l'empêche d'assister à cette réunion, mais votre grand-père ayant exigé que nous nous retrouvions aujourd'hui précisément, il m'était impossible de vous proposer une autre date. Je lui enverrai donc, dès cet après-midi, un compte-rendu de nos échanges et la copie des documents dont vous allez prendre connaissance.

Il toussota, saisit la feuille posée devant lui et commença à lire :

Mes chers petits-enfants,
Cette nouvelle convocation vous étonnera sans doute autant que la première, mais elle a ses raisons, tout comme moi. Le testament transmis à ma mort par maître Ozieux était une farce. Surtout, ne le blâmez pas : il n'y est pour rien et il a suivi mes instructions. Je ne sais pas si, à ce jour anniversaire de ma mort, vous avez réussi, l'un ou l'autre ou tous les trois, à relever le défi que je vous ai posé, mais peu importe. Si vous avez gagné cent mille euros chacun, vous méritez amplement d'être récompensés, car je n'aurais sans doute pas pu gagner ce pari moi-même...

Ici, Mathilde sourit.

Vous aurez donc gagné toute mon admiration. Si vous avez échoué, vous aurez certainement

appris d'autres choses, plus importantes : à vous passer d'un compte en banque de millionnaire, à comprendre, peut-être, la difficulté du travail et à discerner vos limites.
Je vous laisse prendre connaissance du testament définitif et vous embrasse,
Votre grand-père

Sophie regarda Martin qui restait impassible. Mathilde fut encore une fois la première à reprendre son souffle.

— C'est tout ?

Maître Ozieux méprisa la question.

— Je vais maintenant vous lire le testament de monsieur de Sainte-Sévère, seul testament authentique, enregistré à cette étude le 11 mars 2016.

Ignorant le regard noir de Mathilde, il ouvrit une chemise rose et en tira une nouvelle feuille. Même Ludivine, la clerc, cachée derrière la porte, entendit le moucheron qui zigzaguait dans le bureau. Le notaire toussota et reprit :

Ceci est mon testament qui révoque tout autre testament antérieur.
Je, soussigné, Adalbert de Sainte-Sévère, né à Lille le 1er mars 1932, exerçant la profession de chef d'entreprise, demeurant 42, rue Royale à Lille, prends les dispositions testamentaires suivantes :
Je laisse mes biens à mes trois petits-enfants : Arthur de Sainte-Sévère, né le 5 février 1991, Mathilde de Sainte-Sévère, épouse De Boer, née le 30 juillet 1989 et Victorien de Sainte-Sévère, né le 22 septembre 1985, marié à Sophie Toutlemonde.

Je demande à maître Ozieux de répartir la quotité disponible entre mes deux amis Claude Croisillon et Marie Bernard. Je confie aux bons soins de tous mon cacatoès Prince.
Fait à Lille, le 11 mars 2016

Maître Ozieux reposa doucement le testament, laissant chacun digérer l'information. La scène qui s'était déroulée douze mois plus tôt restait gravée dans sa mémoire et il espérait ne pas subir une deuxième représentation. Plusieurs secondes s'écoulèrent. On entendait Ludivine respirer derrière le battant fermé.

Arthur éclata de rire et sa mèche bascula sur ses yeux.

— Sacré grand-père ! On y a tous cru, on s'est énervés comme des dingues. Il devait bien rigoler, là-haut. Quand je pense que j'ai fait le guignol avec Prince pour me plier à ses quatre volontés !

Mathilde s'appuya contre le dossier de sa chaise. Le jour où la voix désolée de Prakash Basu lui avait annoncé le désastre survenu à son fret, elle avait renoncé à gagner ces cent mille euros. Elle avait joué, elle avait perdu et avait reconnu que peu de gens naissent avec la faculté de faire tomber les dollars d'un clic de souris. Ce mois passé à élaborer un plan farfelu lui avait fait réaliser autre chose : elle aimait l'action, elle aimait la bataille. Elle avait mis toute son énergie dans son affaire de fruits coupés et gagné la confiance de Francis. Depuis le mois de juin, de nouveaux produits de la Conserverie Sainte-Sévère trônaient en rayon, cette fois, dans les parfumeries : les déchets de concombres, carottes, oignons ou ananas étaient réduits en purée, filtrés, mis en boîte et vendus comme masque de beauté pour les pieds ou le visage, dans des boîtes de conserve cerclées, à l'ancienne, d'une étiquette en papier. La typographie rétro, furieusement inspirée des célèbres boîtes de soupe Campbell, et le travail efficace d'Arthur sur le compte Instagram de la manufacture Sainte-Sévère avaient valu à Mathilde un portrait de « Femme du mois » dans le magazine *Vogue*. Prince s'était montré une égérie très convaincante ; il avait fait bêtifier toutes les rédactrices beauté.

Le travail en équipe avec Arthur présentait des hauts et des bas. Elle avait dû composer avec ses retards chroniques et sa propension aux grasses matinées, mais, globalement, ils formaient un tandem efficace. Après six mois, et deux marchés juteux savamment négociés, elle avait converti les administrateurs comme les employés aux bénéfices de la cosmétique ; tous attendaient avec fébrilité le résultat de ses tractations en cours avec un grand magasin en Corée. Son coiffeur ne la voyait plus qu'une fois par mois, elle avait sauté les soldes d'été, mais elle se levait avec le sentiment de se construire une vie. Elle avait bien eu un moment de regret quelques jours plus tôt. En ouvrant son placard pour s'habiller, elle avait constaté qu'elle enfilait pour la troisième fois dans le mois le même top. L'image de Louise et elle, bras dessus, bras dessous, écumant les boutiques rue de la Grande-Chaussée, lui avait mis les larmes aux yeux. Mais elle avait inspiré, expiré un grand coup, s'était essuyé le nez et avait boutonné ce vilain chemisier en soie noire. Le dernier tour de passe-passe d'Adalbert était l'occasion de mettre la barre un peu plus haut.

Elle fixa le notaire droit dans les yeux.

— Et qui va s'occuper de l'usine ?

— Le conseil d'administration, auquel monsieur de Sainte-Sévère a confié la direction temporaire.

— Si on hérite, on est obligés de la vendre ?

— Vous n'êtes obligés à rien, madame.

— Alors, je veux m'en occuper. J'en ai le droit si j'en suis en quelque sorte copropriétaire ?

— La conserverie appartient à la société Zola, créée par monsieur de Sainte-Sévère et dont il était l'actionnaire essentiel. Quatre-vingt-dix pour cent des parts lui appartiennent, les salariés se partagent les dix pour cent restants. Vous en devenez donc, avec vos deux frères, et à parts égales, les actionnaires principaux. Vous devrez vous accorder avec eux d'abord, puis avec le conseil d'administration qui validera ou non votre candidature. Mais dans votre état, madame, prendre la tête d'une entreprise de cette taille

— Je vais très bien y arriver.

Elle jeta un regard en coin à Martin, imperturbable.

— Et mon mari m'aidera. Il a l'habitude de me donner un coup de main pour les affaires.

— On devrait faire un selfie avec Prince pour fêter ça, renchérit Arthur.

Le notaire n'écoutait plus que d'une oreille. Il rêvait déjà, enfin débarrassé du dossier Sainte-Sévère, à la bonne nuit de sommeil qu'il ferait dès ce soir. Il ne remarqua même pas Sophie, en larmes, attraper une feuille de papier devant elle et se moucher dedans.

27

Où l'on découvre de nouvelles perspectives

10 décembre
Sainte Eulalie, dont la légende affirme qu'une colombe sortit de sa bouche quand elle mourut

Prince s'envola dans un tourbillon de rose, la lumière s'éteignit, les pixels se rallumèrent, les pois bleus et les traits dorés recommencèrent leur ronde sur l'écran géant. Tournant le dos au triptyque, une foule agglutinée autour du buffet admirait la qualité du « champagne français ».

Robert se tourna vers la baie vitrée, admira les lumières se reflétant sur la mer et se pinça l'intérieur de la paume : il ne rêvait pas. Il était bel et bien à l'Institute of Contemporary Art de Boston, le musée qui avait accueilli les expositions temporaires d'Anish Kapoor et de Tara Donovan. Grâce à lui, Victorien de Sainte-Sévère apposait son patronyme à la suite de ces noms illustres. L'agent ronronna de bonheur. Le nom de Max Hévrard avait fait monter la température ; toute l'élite financière et intellectuelle s'était ruée au vernissage, curieuse de découvrir le nouveau phénomène *frenchy*. Cet accueil payait Robert des soucis endurés la semaine passée : étourdi d'angoisse, Victorien s'était évanoui dans l'avion les emmenant de France, puis, pendant l'accrochage, il lui avait vomi deux fois sur les mocassins. L'agent avait dû lui coller du fond de teint avant le vernissage pour le rendre à peu près présentable ce soir.

La vibration de son téléphone l'arracha à sa béatitude. Un doigt dans l'oreille droite, l'appareil collé à l'oreille gauche, il cria pour dominer le brouhaha :

— Je vous passe Victorien.

Il espéra que son poulain ait l'ouïe plus fine que lui. Se démanchant le cou, il le repéra, pris en sandwich entre une critique d'art canadienne et trois collectionneurs, au fond de la salle. L'artiste fut visiblement soulagé qu'il l'arrache à ses admirateurs.

— Il faut vraiment que je me mette à l'anglais, Robert. Je n'ai pas la moindre idée de ce que racontaient ces gens ! Mais ils semblent apprécier mes maquereaux.

L'agent soupira : ces gens étaient, entre autres, l'héritier Rockefeller et une journaliste du *New Yorker*. Il arrivait à temps pour sauver une interview, voire une vente. Il tendit son téléphone à Victorien.

— Sophie veut te parler. Apparemment, c'est urgent.

— Allo, Sophie ?

— … pier.

Les premières notes de *Waiting for Love*, lancé par le DJ, annihilèrent la voix de sa femme. Victorien se demanda pourquoi elle parlait des pompiers. Il imagina la maison de la rue Royale en feu ou, pire, son atelier et pâlit.

— Il y a les pompiers ?

— …

— Je ne t'entends pas.

— … taire.

— Tu veux me faire taire ?

À cinq mille cinq cent huit kilomètres de là, Sophie tapa du pied. Le décalage horaire l'avait forcée à attendre pour joindre son mari. Elle avait bouillonné plusieurs heures et, maintenant, elle avait l'impression de vivre un sketch de Coluche.

— On a vu le notaire ! hurla-t-elle.

Il se demanda en quoi le fait justifiait un appel en urgence, en plein milieu du vernissage de sa première exposition américaine.

— Adalbert avait laissé un deuxième testament.

Un creux dans la musique permit à Victorien d'entendre les paroles de sa femme. Il sentit son cœur s'arrêter en même temps que les basses. Les murs de la salle ondulaient autour de lui.

— Allo, Victorien ? Victorien, tu m'entends ?

— Oui, oui, je suis là, balbutia-t-il.

— Vous héritez de presque tout. Tu vas pouvoir t'offrir une expo en Chine, en Suède, où tu veux !

Le DJ monta le son, mais Victorien n'entendait plus que les cris de joie de Sophie.

***

La nuit était tombée et la pluie perlait sur les vitres. La rue Royale était silencieuse. Marie et Claude étaient assis dans la cuisine de la grande maison, les mains sur les genoux, la bouteille et deux verres posés devant eux sur la table bien propre. La vaisselle était rangée, le sol, balayé, l'évier, sec. L'horloge cliquetait contre le mur. Marie n'avait pas trouvé le courage de demander à Claude de l'enlever.

Il toussota.

— Eh bien, voilà, Marie. On y est.

— Je ne pensais pas que le plan de monsieur Adalbert fonctionnerait. Quand vous m'en avez parlé le lendemain de sa mort, j'aurais pas misé un berlingot dessus.

— Il arrivait toujours à ses fins.

— Vous le connaissiez mieux que moi… Mais jamais j'aurais cru mademoiselle Mathilde capable de reprendre l'usine ; ça, pour une nouvelle…

Le vieil homme sourit et se pencha vers la cuisinière.

— Je vais vous faire une confidence, Marie : Adalbert était comme elle quand il était jeune.

Elle sourit à son tour et hocha la tête.

— Comme quoi, il fait parfois bon vieillir. Vous reprendrez bien une petite anisette pour fêter ça ?

— Volontiers, Marie.

Finalement, on s'y faisait, à cette liqueur. Marie sirota son verre, les yeux dans le vide.

— Et maintenant ? demanda-t-elle.

— Monsieur Arthur veut fonder une association pour recueillir les perroquets victimes de maltraitance. Il me l'a dit ce matin en venant discuter avec Prince.

— Je crois qu'il s'est vraiment pris d'affection pour lui.

— Je le crois aussi.

— Et pour l'héritage ? Vous savez ce que vous allez faire avec tous ces millions que nous laisse monsieur Adalbert ?

Le regard du majordome erra sur la toile cirée. À quatre-vingts ans, il était trop tard pour accomplir ses rêves, à compter qu'il en eût. Ou il en avait perdu le souvenir.

— Ma foi…

Ses yeux se posèrent sur l'horloge et il sourit. Finalement, les jours faciles étaient à venir.

— Ma foi… J'irais bien en Amérique voir James. Il n'a pas pu venir à l'enterrement de monsieur, mais je crois qu'il sera content de me voir. Et puis, j'ai toujours rêvé de visiter la Maison-Blanche, la statue de la Liberté et La Nouvelle-Orléans – il paraît que les gens parlent français, là-bas. Ça vous plairait, Marie ?

— Pourquoi moi ?

— Il n'y a nin d'pus bielle dinse ed quind tout l'monte dinse[1].

Elle sourit à son tour.

— C'est pas faux.

Le majordome avait fini son verre. Il se leva.

— Bonne nuit, Marie.

— Bonne nuit, Claude.

***

Craquements de soleil, de lune et du temps *est une rupture esthétique. Victorien de Sainte-Sévère interroge le rapport du spectateur à la nature. Il est le premier plasticien à instaurer un* statement *naturaliste dans une galerie, à bousculer l'acte de création en instaurant une œuvre en mouvement, totalement indépendante de l'artiste comme du regard du visiteur, un art naturel et purement aléatoire. Bernard Denis, le milliardaire et collectionneur français, ne s'y est pas trompé : il a*

1. Il n'y a pas plus belle danse que quand tout le monde danse. Proverbe ch'ti.

confirmé l'achat du triptyque de Victorien de Sainte-Sévère qui exposera jusqu'au début de l'année prochaine à Boston, puis Washington.

Prakash Basu reposa le *Times of India* en ricanant. Une photo de cacatoès illustrait l'article et il se rappela une autre histoire lue des années plus tôt, celle d'un requin au formol acheté douze millions de dollars par un collectionneur américain. Ces Yankees étaient fous ! Fous, mais malins, se dit-il en relisant attentivement l'article. Le prix des œuvres de cet artiste français était en train de s'envoler. Pourquoi lui, Prakash Basu, ne proposerait-il pas une installation de noix de jacquier à l'une de ces nouvelles galeries d'art qui s'ouvraient dans Bombay ? Les riches touristes se bousculeraient sans doute pour les regarder mûrir et se décomposer au fil du temps. Ces gugusses reviendraient chaque jour et il ferait payer l'entrée... Une véritable rente. Son frère le considérerait enfin d'un autre œil, ses oncles et ses cousins respecteraient ses compétences – ils viendraient peut-être même lui demander conseil. Il se frotta les mains et monta le son de son transistor en dodelinant de la tête.

Épilogue

Ce matin

Le touriste qui découvre la capitale des Hauts-de-France est berné par ses premières sensations. Le ciel nuageux, les maisons serrées, les bistrots bondés peuvent lui laisser croire qu'il arrive en des contrées austères mais chaleureuses, un territoire où carbonade rime avec camarade. C'est mal connaître l'âme nordiste. Les charbonnages, les raffineries de sucre, les verreries, les manufactures textile, les usines de conserves y côtoient les dentelliers et alimentent les supermarchés du monde entier.

Le visiteur de passage, flânant entre les murs de briques noircis et les façades percées de fenêtres discrètes, peine ainsi à croire que la région a engendré les plus grandes fortunes de France. La façade du 42, rue Royale, héberge discrètement l'une d'entre elles. Mêlant joliment pierres taillées en pointes-de-diamant et briques rouges, son style flamand raconte un pan de la longue histoire régionale. Quatre portes-fenêtres ouvrent le rez-de-chaussée sur un petit jardin à l'anglaise, protégé des regards par un mur imposant et un portail tout aussi massif.

Les Sainte-Sévère y vivent depuis 1745. Derrière les carreaux biseautés du premier étage que le passant peut apercevoir par-dessus le mur, les tapisseries à l'ancienne réchauffent une chambre trop grande. C'est là, un jour de décembre, qu'Adalbert de Sainte-Sévère est mort alors qu'il s'apprêtait à faire sa sieste.

Annexes

La bande-son des personnages
(morceaux choisis en vrac et selon l'humeur)

Adalbert – *J'avais un camarade*, chant militaire traditionnel
Mirador, Johnny Hallyday
Marie – *Tango de la Amo*
Victorien – *Be Good*, Gregory Porter
James – *Masters of Wars*, Bob Dylan
Mathilde – *Les limites*, Julien Doré
Martin – *November Rain*, Guns N' Roses
Claude – *Eye of the Tiger*, Survivor
Arthur – *Monsieur*, Thomas Fersen
Maître Ozieux – *Danse avec les vieux*, Blankass
Prakash Basu – *Diamonds*, Rihanna
Sophie – *I Want to Break Free*, Queen
Laura – *She Works Hard for the Money*, Donna Summer
Prince – *Poker Face*, Lady Gaga
Robert – *Money, Money, Money*, ABBA

BONUS

Dix anecdotes pour briller dans les vernissages

1. Le règlement d'exécution (UE) nº 543/2011 du 7 juin 2011 de la commission européenne existe bel et bien, nous rappelant qu'on peut confondre des cacahuètes et des noix de jacque.
2. On trouve dix grandes formes différentes de cols de chemise.
3. À l'heure où ce livre est imprimé, les machines à café rouges ne sont plus à la mode ; c'est le chrome qui tient la corde, voire le noir (sans doute pour être assorti au breuvage).
4. Le rose et le rouge se marient à ravir si on accorde leurs tonalités.
5. Le château de Montsoreau présente l'une des plus belles collections d'art conceptuel.
6. Roland Dorgelès est mort en 1973.
7. Le petit village de Saint-Valentin (Indre) accueille les amoureux 365 jours par an.

8. La plus courte des micronouvelles francophones s'intitule *Néant*. Elle ne comporte qu'un espace blanc (entouré de deux guillemets, pour être visible).

9. En 2016, les Français ont dévoré en moyenne vingt-cinq kilos d'agrumes et six kilos de fruits exotiques par personne.

10. On fête le même jour les Roger et les Hermès (l'auteur regrette d'ailleurs de ne pas avoir donné ce dernier nom à l'un de ses enfants).

Recette de la moutarde à la manière de Marie

200 g de graines de moutarde
1 c. à café de miel
Vinaigre de cidre
Huile de tournesol ou de pépins de raisin

- Couvrir les graines de moutarde de vinaigre et laisser macérer une nuit.
- Ajouter une cuillère de miel, deux ou trois cuillères d'huile. Mixer.
- Servir en accompagnement de viandes froides ou de frites.

Le conseil de Claude pour nettoyer l'argenterie sans se fatiguer

- Tapisser un plat en verre ou en porcelaine de papier d'alu.
- Disposer les couverts en argent sans qu'ils se chevauchent.
- Les couvrir d'eau bouillante.
- Saupoudrer de bicarbonate en poudre et laisser agir un quart d'heure.
- Rincer soigneusement.

Note au lecteur

Ce roman a été imaginé avant la vente aux enchères d'un tableau peint par une otarie. Une preuve de plus que la réalité dépasse toujours la fiction. Beaucoup de choses, dans ce livre, sont vraies, quelques autres pourraient l'être.

Aucun cacatoès n'a été maltraité pour écrire cette histoire.

Remerciements

Aux Lillois, qui m'ont fait aimer leur ville.
Au créateur du potjevlesch, béni soit-il.
À Karl Lagerfeld, pour son col. Puisse-t-il pousser d'autres hommes à le porter.
Les remerciements ressemblent souvent à un discours de cérémonie des Oscars, mais un livre n'est pas un exercice solitaire. Il naît et vit grâce à des rencontres. Merci du fond du cœur à Marjorie, Noëlle et Bénédicte, à Juliette, Sophie, Éléonore, Laure et Laetitia, à Fred et Maeve, qui sauront.

Achevé d'imprimer en décembre 2018
sur les presses de la Nouvelle Imprimerie Laballery
58500 Clamecy
Dépôt légal : janvier 2019
N° d'impression : 812172

Imprimé en France

La **N**ouvelle **I**mprimerie **L**aballery est titulaire de la marque Imprim'Vert®